U0675273

神州奇侠之神州血河车　人间世

◎著　温瑞安

作家出版社

目录

已经好了。那场病，在山庄里此起彼落，如五月六月的飘风苦雨，终于变作娓娓的自家人语。亲痛仇快，众叛亲离，愿再也不会有，纵有也不可再构成伤害了。“神州”只是一驿站，把人才栽培了再发散出去，飘、飘、扬、扬，过了千山竞秀，过了万壑争流，各自花树成荫；神州社友，只是相拾而得的陌路之情。诚如一位前辈所言：“背叛是太重的字眼。”神州人人人都要学会用真情的主观去看他的家，也要用真诚的客观去爱他的世界。

这场病好了后，就可以再求壮大了。如同春天的气息，不是一些无义之辈，千方百计，横断黑水，粉碎岩石，罄其所谋就可以打杀的。这是我二十六岁的第二十六本书。在这举世滔滔、恐慌岁月里，我毕竟也做下了一点事，但求无枉此生。

目前我们出版社的情形，已大不同前了，社员们都有一份固定的职位和安定的薪金，他们从前义无反顾的牺牲已够多，现在终于建立了一个他们可以仰仗回馈的事业。这事业还将扩大。

想半年前，我们这些个穷得一天难得有钱吃一餐半饭的，在出版事业纷纷倒闭、不景气的光景下，居然东借西凑，只筹到七万元台币就要开出版社，实在是不知天高地厚。这些时日是文化事业的淡季，出版公司不是结业就是不再出书，或仗赖宏厚资金或另附其他作业才能维持；况且成立一个出版社，需要许多先决条件，而今居然都给我们挺了过来，半年不到，度过了百数十万的风险，而终于得到了稍为稳定的经济情形，心里却道好险！

在这一段白手创业的短短过程中，几次要鲁莽灭裂，都绝处逢生。而在这几乎漠无行伴的磨炼熔铸长途中，也磨铸了一群真正大义见义的兄弟朋友，和认清了在危难时将我们弃如敝屣的同袍社友；不过，且不管在这长跑远程中的短跑距离里停下来或持志不懈的人，缔造“神州”而未能身逢今日之盛，着实是令人深为悼惜的事。

《神州血河车》系列是《神州奇侠》故事的余波，唯今日《神州血河车》故事已写竣，《神州奇侠》反未完稿，蔚为奇事。《神州血河车》写到后来，才真正写入了神，写到最后几段时，不敢写、不忍写，又心痒不得不写，写至末了，觉得一生都似过去了，逝者如斯夫，真不知悲好？喜好？歌好？泣好？只知“满纸荒唐语，得失寸心知”，只抱着稿纸舍不得把它放下，都可叹是“只云作者痴”了。

稿于一九八〇年六月九日

与华视商洽拍摄连续剧前。

重校于一九八五年一月中旬与银凤公司签约。《新生活报》刊出“我们要的是生生世世”。

三修于一九九四年五月二十五日

偕同闲人方、神打赖、落柜何、长尾叶二赴京华行。

第壹回 西域魔驼

忽听一个似裂帛的笑声，甚是喑哑难听，嘎嘎嘎地爆了起来，又不住地咳嗽，原来那披风大汉身后，有一偻背老人站着，一面怪笑着，一面向地下啐地吐了一口血也似的浓痰……

桑书云、车占风、雪峰神尼、天象大师以及其下所部的门人子弟，相偕“恨天教”教主宋雪宜以及武林群豪，追上“东海劫余岛”岛主严苍茫后，一群人便浩浩荡荡，声宏势大，渡江入龙门，往“武林三大绝地”之“忘忧林”赶去；一路上沸沸扬扬，为近数十年来武林自围剿“血踪万里”卫悲回及“血河派”之后的第一等盛事。

这数千人之众，安排、调度、列队、进退，都需要大将之才方能驾驭，“长空神指”桑书云临大事遇大难莫不从容以对，且指挥若定，加上“全足孙膑”辛深巷与“雪上无痕草上飞”梅醒非的强助，群豪行止有度，进退有方。

在这忙乱的当儿，却不知桑小娥乘着队伍混未成形的隙缝，悄悄地脱离大队，偷偷地溜走。

桑小娥的离队，不是为了什么，而是为了方歌吟。她屈指一算，方歌吟离“百日之期”，已然无多，随时撒手尘寰，纵或毒性未发，落在那六亲不认、杀人无常的“武林狐子”任狂手里，也必死无疑。但桑小娥心中总存了个希望，但愿有个侥幸，所以她要独自追寻“血河车”的下落，以悉方歌吟的生死。她了解父亲若是知道，必定为她操心，她只好偷偷离队，往原来路向孑身行去。

如果方歌吟真的已遭不幸，她会怎样？——这一点她连想也不敢多想。只望天可怜见，既然方歌吟排除万难、上了恒山、阻止了自己的剃度，就该予以契缘，好教自己还能与方歌吟见上一面。

桑小娥这样一路上想来，既是伤心，又是忐忑，这一条路既遥远又漫长，又寂寞难走。就在这时，她忽然见融解的春雪地上，竖着了一样东西。

她走过去仔细一瞧，不禁疑云大起。原来那是一支精钢打炼而成的仙人掌，上面刻着八个飞白的字体——“大漠飞砂、蒙古铁花”，桑小娥一怔。

这仙人掌的标志，原来是“大漠派”的记认，而“大漠派”就是“大漠仙掌”车占风车叔叔的门户。车占风不是已跟爹爹去了“忘忧林”吗？怎么“大漠派”的记号却在此地出现？莫非是车叔叔的“追风十二骑”？可是追风十二骑一直都是紧随车叔叔身边的呀！

到此桑小娥不觉好奇心大炽，觉得这仙人掌标志之后，有莫大的诡秘，该当去探索。可是她心中又挂念着方歌吟，强忍不去理会，又走了三四里路，到了太原西南，甕山附近，又乍见一支“仙人掌”，竖立在官塘大道之侧，而且还有一具尸首，不知已死去多时，看其装束，还是辽人打扮，额角峥嵘，粗壮威武，年纪虽已不小，但却十分彪悍，人虽已没了气息，但仍能使人恍觉他生前的风云叱咤。

桑小娥自小居于江南，行于中原，不谙塞外情形，但见此人虬髯满脸，肌骨豪壮，知是塞外武士。她隐隐觉得此事可能与车叔叔生死攸关，再也忍不住好奇，便要顺道去转一趟，心忖：反正又花不了多少时间，日后赶回“忘忧林”里，向车叔叔报个讯儿，也好向爹爹讨饶。

“长空神指”桑书云与“大漠仙掌”车占风的交情，非同泛泛，桑小娥自幼受车家宠护，“大漠派”若有什么变动，她自然也十分关切。于是辨认暗记，随仙人掌记号所指，走过一道石弄堂也似的窄道，来到了一座大庙之前。只见那大庙古意盎然，扶荫隐映，桑小娥知是春秋晋国开国始祖唐叔虞，即周武王之子的晋祠，不禁向那“泽润生民”的匾牌幅衽拜了几拜，心中默念：菩萨保佑方大哥得以转危为安，逢凶化吉，能见上他一面——

这时忽听一个声音道：“你是谁？来这里做什么？！”声音自背后响起，虽不甚响，却着实把桑小娥吓了一大跳。

桑小娥急急转身，左手贴胸，拇指内屈，四指微弯，手指轻轻抖动，脸色煞白，随时要发出“长空神指”，却猛见身后静悄悄的，哪里有人？

桑小娥此惊非同小可，只听那人又道：“哦，原来是桑书云的人，这下可好，桑书云来了，也是一样。”桑小娥扫视全场，只见庙前石阶，坐有一个人，赫红色的大披风，猎猎飞动，这人虽是坐着，但竟比站着的人还显高大颀壮。

桑小娥一撇嘴，反问：“你又是谁？”

忽听一个似裂帛的笑声，甚是喑哑难听，嘎嘎嘎地爆了起来，又不住地咳嗽，原来那披风大汉身后，有一偻背老人站着，一面怪笑着，一面向地下啐地吐了一口血也似的浓痰，桑小娥开始望去没见着他，乃是被那大汉的气势所慑。

只听那驼背老汉艰难地道：“好极，好极，火辣辣的姑娘，我喜欢是极！我喜欢是极！”他的汉语甚不流利，一听便知并非中土人士。

桑小娥心里发毛，见这驼子如此猥形恶相，更是惊心。只听原先那大汉问：

“车占风几时要来？”

桑小娥这下早有防备，才不至又吃一惊。原来这汉子内力极高，随口说话，却犹在桑小娥身边响起，功力可称深湛古怪。桑小娥知是劲敌，但她口中不遑多让："你是谁？'大漠派'的'仙人掌令'，岂是你可以发的？！"

那大汉倒是一愣，道："女娃子倒有见识。见到'大漠派'掌门，还不下跪？"

桑小娥一撇樱唇，道："'大漠派'掌门，你是第五代的？"那人一听，勃然大怒。原来"大漠派"当代掌门"大漠仙掌"车占风，乃传言第四代掌门，说这人是第五代的，即是车占风的徒弟门人了，那人本就恨绝车占风当上掌门之位，给桑小娥这一提，悔恨交集，心忖：就算能把掌门之位重夺回来，也要屈居第五代掌门，是何等无颜的事！当下怒道："小娃子，井底之蛙，还乱说话！"陡地俯冲下来，"啪"地就在桑小娥脸上掴了一巴掌。然后又是噼噼啪啪几声急响。

桑小娥的武功本也不弱，却见这人一冲即下，全不需任何应战、凝神、聚气的功夫，一出手，便"啪"地已掴中自己一巴掌，桑小娥纤手扬起，已无从招架，只觉脸颊上的刺痛和羞辱，双眼漾起一阵泪光。那大汉本要一连几个耳光，把这女子打得七荤八素的，饶是铁石心肠，打了一巴掌，只见桑小娥白生生的脸上陡起五道血痕，相距稍近，一缕如兰如麝的幽香袭来，只见她泪眼莹然，那大汉一呆，连续几巴掌，便势头一偏，没有真将打下去，却"噼噼啪啪"，居然把空气击得砰然有声，如真个打中桑小娥脸颊数十下一般。

那人一轮打完，又"呼"地冲上了庙前数十级石阶，桑小娥只见那人背后披风如云，忽然一降，已坐了下来，直似没动过一般，沉声道："教你知道'大漠派'当今掌门的手段。"

桑小娥见这人武功，恐怕不在车叔叔之下，知是强敌，再闹

下去只会自讨没趣，但她骄纵惯了，脾气倔强，怎肯如此白白给打了一巴掌，当下一咬皓齿，叫道："下来！让你尝尝姑娘的'长空神指'！"

那人哈哈一笑道："我刚才不是已下去，又上来了吗？怎不见你使'长空神指'啊？"

那驼背怪汉咧开嘴里满口黄牙，一步一步走下来道："他不下来陪你，我可下来啰，他教你知道耳光的滋味，我可教你做女人的滋味。"

桑小娥玉颊煞白一片，心忖：这两人武功奇高，自己惹上了他们，可脱不了身，万一被他们所擒，简直不堪设想。当下心念既定，要是真个逃不出厄运，宁可自绝，以保清白。

那驼子倒不像那高个子大汉的来去如风，他是涎着猥琐已极的笑脸，一步一步走将下来，桑小娥暗中提神戒备，驼子走到她面前三尺之遥，便即停下，不再前进。忽然他道："好漂亮！"伸手去拧桑小娥脸蛋。

桑小娥一侧身，"长空七指"，七缕指风，倏然打出。那驼子一探手，已捏住了桑小娥的手腕，出手急捷，尤甚于那长身大汉，桑小娥手腕"阳池穴"被抓，全身麻痹，"长空神指"顿时发不出去。

那驼子咧露黄牙一笑，硬把手抓过来深闻了一闻，道："好香！"桑小娥只恨不得把他狗一般地嗅过的手腕斩去，正犹豫该不该立时嚼舌自尽，那驼子认穴奇准，一扬手"嗤"地点中了她胸口"中庭穴"，又"嗤"地点中肩膊"巨骨穴"，两股穴道一闭，桑小娥顿时全身动弹不得。

那驼子淡笑道："我的'清啸指法'比起'长空神指'，如何？"

桑小娥吓得花容失色，骇叫道："你……你就是西……西……西……域……域……魔……魔……驼……驼……"由于听过不少此人卑鄙无耻、龌龊肮脏事，所以讲那四个字，也说得间隔断续，上下排牙齿，不住地格格有声。那人嘿嘿一笑，道："不错，我便是'西域魔驼'全至朽。"

桑小娥呻吟一声，几乎晕眩过去，觉得自己落入此人手中，实惨不堪言。原来这全至朽是著名的武林败类，贪花好色，横行于中原一带，由于容貌丑陋，人称"西域魔驼"而不名之。此人奸淫酷杀，无所不为，无恶不作，江湖人谈起这人，莫不变色。许多孩童哭时大人吓唬其不准哭闹，即说："再哭，再哭，再哭'西域魔驼'就来抓了你去。"孩子也会被吓住噤了声息。桑小娥虽出身名门大帮之中，一旦听闻眼前便是"西域魔驼"，也不禁骇惧莫名。

"西域魔驼"阴笑道："你别怕，千万别怕，怕，就没有情趣了。"忽然一朵黄云般的影子，直扑"西域魔驼"门顶，"西域魔驼"神色一变，双掌冲天撞去！

那黄影忽然滴溜溜一转，已转至桑小娥身侧，一把金绞剪，金光灿然，剪向"西域魔驼"脉门手腕，西域魔驼只好将手一缩，但"啪"地一掌，未缩手前仍已击中那人肩膊，那人闷哼一声，搀持桑小娥，退了两步，道："好掌力！"

"西域魔驼"冷哼一声，道："你是谁？"

桑小娥一见金剪，喜叫一声："梅二哥！"

只见来人身材肥胖，却眉清目秀，笑容可掬，虽身受重创，神态依然雅闲，正是"长空帮"中坐第三把交椅的黄旗堂堂主，"雪上无痕草上飞"梅醒非。

"西域魔驼"冷冷地道："哦，桑书云没亲自来么？"他一面说着，一面暗暗留心，顿觉背后有七个人的气息，但并不是一流高手的杀气。梅醒非一上来就使奇袭，救了桑小娥，可还是中了"西域魔驼"一记"冲星掌法"，左肩如万针攒刺，甚是疼痛，但他是"长空帮"中训练有素的高手，而且跟随桑书云、辛深巷已久，应变巧捷，机智警敏，当下强忍痛楚，装出一副毫不在乎的笑容，道："桑帮主么？他要我先来打发你。"

桑小娥见梅醒非及时赶到，芳心大慰。原来她偷偷溜出来时，梅醒非和辛深巷早有留心，而且两人亦见路上"大漠派"所留之标志，知是冲着车占风来的，所以梅醒非一是为了保护小姐，二是为了探知这标记的来龙去脉，尾随而至，及时救了桑小娥。而辛深巷仍留侍于桑书云身边。

但他心中却知此时凶险无比。这两人如果所料不错，便是"西域魔驼"与蒙古铁花堡，这两人不但恶名昭彰，更可怕的是各有一番惊人艺业，前称"八荒六合十四霸天"中之二。后来这十四霸天被大侠萧秋水与血河派卫悲回杀了十二霸，剩下二霸，就是这两人，吓得远走塞外，不敢回来，近年来知悉萧秋水可能逝世，才告出没于中土武林。这两人武功，恐不在"三正四奇"之下。

梅醒非自知实力，出手在先，奇袭在前，虽夺回小姐，却仍着了对方一掌，但觉阴寒刺骨。眼下形势，一个处理得不好，自身丢命事小，只怕连小姐的清白也不保，那才愧对帮主。他心下暗暗盘算着，外表却不动声色，悠闲自若。

"西域魔驼"见对方着了自己一掌，居然能若无其事，还道他功力深厚，未可小觑，冷笑道："好，果然强将手下无弱兵……"

原来他的两道独门绝技，一是“清啸指法”，一是“冲星掌法”，自负能得桑书云、车占风两家之长，而犹有过之，而今见梅醒非硬受自己一掌，顿时提高了警觉。

梅醒非向西域魔驼团团一揖道：“小姐不知何事，冒犯你老人家，梅某人在此代小姐致歉……”

西域魔驼目光微睨，道：“冒犯倒没有，而是我想抓你家小姐来做几天老婆。”

梅醒非脸色一变，道：“前辈若要教训小姐，在下留此代受便是……”

西域魔驼又截道：“不行。我对男人没有兴趣，何况你又肥又胖……”

梅醒非见这恶猥的驼子，断不肯放过自己和小姐，当下将心一横，冷笑道：“你咄咄逼人，桑帮主那儿，我可不能担待了。”他因好生恼怒，已把“前辈”二字，改为“你”的直呼。

殊知西域魔驼又露出满口黄牙，笑道：“要激出她老子来，正是我驼子所愿。”梅醒非知事无善了，他大敌当前，桑小娥虽在手侧，但一直未能分神去解她穴道，心下暗急。

只听梅醒非扬声道：“既是如此，那给全先生来件拜礼好了。”他此语一毕，在西域魔驼身后的七名黄衣大汉，齐骤弯弓搭箭，瞄准了西域魔驼的背心，西域魔驼笑道：“万一他们射了个空，你家小姐可要遭殃了。”

梅醒非心头一震，心忖：此言甚是，但西域魔驼斜眼眄来，只要自己架势稍有破绽，只怕立时就要毙命在他掌下，心中怎敢大意，暗弯内膝，聚力于足，且不管这一轮箭矢能否杀伤此人，只要把西域魔驼阻得一阻，他便可背负桑小娥，仗着过人轻功，逃离这恶徒的追击。

心下意念既定，撮唇作哨。

那七名黄衣汉子立时发箭，但刚一张弓，忽然狂风大作，一股红云陡至，七人手中，不是箭断，就是弓崩，或者已射出去的箭矢被捉住拗断，箭矢回刺，七人只不过顷刻工夫，便给人刺杀或重伤倒地。

梅醒非撮啸之时，立时长身而起！

他要借这西域魔驼分心的刹那间，逃了出去。

他的武功，虽还不如西域魔驼，轻功却甚高强，昔日曾在雁门关口，赶上三正四奇中的天象大师和严苍茫，一起追逐血河车，要是西域魔驼为箭矢阻上一阻，自难追上梅醒非；可惜箭矢根本没有发出。

所以梅醒非身形甫起，西域魔驼掌影如山，已盖压了下来。

梅醒非右手金剪，快剪过去，才过四五招，手肘“天中穴”已着了一招，剪刀脱手飞去，插在土中。梅醒非的“山水双剪”，原是一齐施展，方才发挥大用，一剪已被击落，另一手却扶搀桑小娥，只好用另一手来对拆，才七八招，便被逼得双手并用，只得任由桑小娥仆倒于地，又十来招，梅醒非便手忙脚乱，展动身形，边打边退。

他背后就是庙口梯阶，他守得一招，便退上一步，西域魔驼左手攻了十多招，梅醒非已退了十来级，西域魔驼右手又攻了十余招，梅醒非又退上了十几级，西域魔驼右手招势稍缓，梅醒非正要舒得一口气，西域魔驼又双手并展，只见掌影翻飞，梅醒非连接都来不及，惟有再退。

这一退再退，梅醒非何等机灵，马上醒觉，那坐着如站着的长个子大汉，就在自己背后。适才那七名“长空帮”好手，就是给这披风大汉一轮急攻下击毁的，梅醒非是何许人物，怎能将背门大开于敌人，如此转念，便急欲挪腾出一个能两面迎敌的方向。

可是如此一缓之间，“啪”地胁下着了一掌，梅醒非只觉五内翻腾，拆得六七招，血气一塞，胸口又中了一掌，他抵挡不住，踏步一挫，腿弯碰到石阶，“胃仓穴”又挨了一击。这下他四道掌伤齐迸发，痛不可当，额汗涔涔而下，软倒当堂，“咕噜咕噜”地自石阶数十级一路翻滚了下去。

西域魔驼这一路“冲星掌法”，越使越快，梅醒非一面滚落，却每翻一级，即中一掌，落到青石板地时，“西域魔驼”已一脚踏在他胸前，呵呵地笑将起来，问：“桑书云手下原来是这等脓包货！”

梅醒非中得数十掌，早已神志不清，但他个性外圆内方，自知无幸理，迸力大吼道：“你要杀要剐，任随得你，是好汉的就放小姐回去！”

“西域魔驼”嘿嘿笑了两声，以两只小眼睛斜睨桑小娥道：“我偏不放，你又怎样——”

他说到“怎”时，忽然觉得四周过于安静，未免反常，“样”字一出口，便“砰”的一声大响，发自他背后。他大吃一惊，单掌护胸，指捺身前，向后跳避，只见他原来站立的地方，多了两人，正对了一掌。

这两人中的一人，便是原在阶上的蒙古铁花堡。另外一人蒙古式装束，包裹全身，黑眉大目，虬髯满腮，有一股说不出的高傲深沉的神色。

这两人对得一掌，都晃了一晃，那大汉道：“你进步了！”

蒙古铁花堡冷哼一声道："你也没退步！"

"西域魔驼"心中惶栗，暗叫了一声："惭愧！"他推测形势，得知若不是蒙古铁花堡俯冲下来硬接一掌，自己早已可能被那人一掌无声无息地打死。

蒙古铁花堡和那虬髯大汉对了一掌，说了一句话后，就彼此再也没有作声。

"西域魔驼"心中早已明了七八分：塞外"大漠派"已传三代。创派始祖"大漠飞砂"缇君山名动西域、蒙古，而且大有战功。二代掌门人"大漠明驼"汲可期，虽无赫赫功名，但若论建立"大漠派"规模则要算是首功。三代掌门人"大漠天骑"东方无子，跟大侠萧秋水曾是大敌，后是挚友，其人威望甚隆。今"大漠派"传至第四代。东方无子共收三个徒弟，大弟子便是铁花堡，二弟子车占风，三弟子旷湘霞。

铁花堡和车占风二人同时对这小师妹，都有"君子好逑"之心。铁花堡虽不善辞令，但对师弟却时常从中诽谤、污言诋毁，旷湘霞却只爱上了沉默慎言、勇于担当的二师兄车占风。铁花堡更交友不慎，结识了陈木诛、全至朽等，无恶不作，为患江湖，令东方无子甚为震怒，逐之出门墙。

铁花堡本是大师兄，理应承继衣钵，直接成为第四代掌门法位，但被赶出师门，又失师妹青睐，愤惶交集，竟与陈木诛、西域魔驼三人，趁二师弟、三师妹赴中原"三正四奇"之役，欺师灭祖，要挟东方无子承认其掌门地位。东方无子怒而相逐，以一敌三，最终惨死在这三人合击之下。

车占风早已被东方无子立为掌门，回到大漠，惊悉此事，偕妻追踪三千里，决战铁花堡。铁花堡虽为大师兄，但贪花好色，锻炼反不如彪悍刚健的车占风，是以铁花堡不敌，若不是陈木诛及时以“一成不变”奇阵困住车占风夫妻，铁花堡早已死于那一战之中。

其后铁花堡痛定思痛，咬牙苦练，以图一日能打败车占风。这次“忘忧林”与“七星谷”联手，陈木诛、曲凤不还师兄弟将手中所拥有的二十名本性被慑的高手都搬出来，与“金衣会”的燕行凶、“天罗坛”的罗海兽联盟，由武当派的大风道长领道，图的无非就是统领天下武林。岂知“七寒谷”之役走报失捷，“七寒谷”陷，罗海兽、曲凤不还战死，大风道人、燕行凶等一行人，也退入“忘忧林”。二十高手中，已死十一，仅存九人，此讯令陈木诛大是恐慌，急召“西域魔驼”与“蒙古铁花堡”以对。其实以“忘忧林”的奇形阵势，比“七寒谷”更步步杀机不知多少倍，就算不计大风与燕行凶，单只九名高手，也足可应付天象大师等一干人，但桑书云的“长空帮”、宋雪宜的“恨天教”，实力庞大，却相当不好对付。

所以陈木诛便要以逐个击破之法，引出桑书云、天象大师、雪峰神尼、车占风、宋雪宜、严苍茫其中之一二，先行狙杀之，再设法伏杀其他，“长空帮”“恨天教”“少林派”等正道中人只要群龙无首，便无法逞威。

车占风在“七寒谷”中曾大展神威，与方歌吟力破“天罗地网”大阵，大风道人等恨之入骨，所以他们第一个要剪除的对象，便是要先行引出车占风，歼灭这三正四奇中的“大漠仙掌”。

却不料阴差阳错，桑小娥却先行来探，几乎为“西域魔驼”所辱，幸“雪上无痕草上飞”梅醒非来救。梅醒非也非全至朽对手，命在危旦之际，“大漠仙掌”车占风及时赶到，他对全至朽有杀师之恨，所以不理是否暗袭，无声无息地掩至，想一举劈杀“西域魔驼”，却给同门师兄铁花堡挥掌格过。

这下虽是师兄弟，但如仇人见面，分外眼红。西域魔驼是何许人物，知两人都在互伺破绽，分不得心，他故意怪笑两声，道：“好哇，车大侠是一个人来么？”他情知沿路设下“仙人掌令”以及故布“大漠派”里镇守大本营的不肯降服的弟子尸首，虽能引致车占风自投罗网，但桑书云及大队人马，随时赶来，自己势孤力单，可是万万不敌。

车占风冷哼一声，也不作答。他生性不喜多言，个性极为刚矜，他沿路上早已留意到“仙人掌令”的布设，知是背叛师门的铁花堡所为，乃冲着自己来的，他自觉师门之羞，不该惊动旁人，而且也不想桑书云等为自己分心，他决意要自行料理此事，沿路上便把标志毁去，以免桑书云等认出，然后再趁大队人马于龙门一带打尖投宿之便，悄然离开，直赴晋祠，解决此事。他此趟此来，群豪实不得知。唯桑小娥脱队而去，所行之路，与大队人马来时路稍有偏差，反而见到了一些未被车占风拔除的“仙人掌令”，因此误打误撞，与梅醒非一同遇险。

西域魔驼围视四周，见车占风不似有后援，大是放心，嘿嘿笑道：“车大侠果然是艺高胆大，大漠派的事，不必外人费心。”

车占风冷冷地道：“你少管！”

西域魔驼故作惊讶：“我不管？”

车占风不耐烦地皱眉：“外人少管！”

西域魔驼大惊小怪地道：“我可不是外人呀，我是你们‘大漠派’的供奉啊。”

车占风脸色铁青：“谁给你当？！”

西域魔驼失笑道："掌门啊！当然是'大漠派'当今掌门人呀！"他指指铁花堡道，"也就是你的大师兄啊！"

车占风的脸色倏然变了。

第贰回 蒙古 铁花堡

他就似一张欲发的箭矢，已拉满了弩弦，站在阶顶的铁花堡，就似一只待机而噬、居高临下的黑豹！——究竟箭利，还是豹可畏？

车占风目光厉视，凛声叱问：“大师兄，你叛门弑师，而今还冒充掌门，心目中还有没有‘大漠派’这三个字！”

车占风这话，问得极是严峻。铁花堡只见对方双目，如两道冷电射来，不觉震了一震，他生性残忍乖戾，也拙于言辞，撮唇长啸了一声，心想：一切都是你害人！既夺我师妹欢心，又使师父不喜欢我，累得我跟师父大动肝火，被逐出门墙，才听信他人之计，失手害了师父，你害得我人不似人，大逆不道，却来责问于我？所以他长啸之音，抑不住地凄苦难当。

“西域魔驼”却是十分狡獝狯诈之人。他见铁花堡无词以对，即嘿嘿笑道：“铁兄是你大师兄，他不当掌门，谁能当掌门！就饶是你车大侠，也不至逾越逾分罢！”说着又嘿嘿笑了两声。

车占风横了他一眼，就没有再多看他一眼，只抛下了一句话：“放开他。”

“他”指的是梅醒非。“西域魔驼”没料车占风全不把自己放在眼里，他呆了一呆，嘿嘿笑道：“放下么，这个容易，车大侠只要……”

车占风突然又喝了一声：“放开。”

“西域魔驼”又是一怔，踩着梅醒非胸膛上的脚，却是沉了一沉，他老谋深算，不露形色，当下又强自干笑道：“嘿嘿，放倒无妨，不过……”

话未说完，空气干燥欲裂。

闷窒迫人。

车占风黄沙般平滑、光洁、如经打磨过铜铸一般的左手，忽然平贴右掌削出！

“西域魔驼”没料这人说打就打，展开“冲星掌法”，“啪啪”

接了两掌，只觉全身虚晃晃的，有说不出的难受，然而对方掌劲再至，又“啪啪啪啪”接了四掌，胸口有说不出的窒闷，对方的掌势又削至，再“啪啪啪啪啪啪”接了六掌，几乎即俯身呕吐，对方忽然一飘而去，回到原地，却与自己已拉了二丈的距离。

原来自己与对方每接一掌，便不由自主地退了一步，开始退得极小步，到后来退得越阔，前后接了十二掌，已退了足有两丈距离，梅醒非正挣扎爬起，车占风飘然身退时，已一俯身解了桑小娥身上的穴道。

这下发掌、退敌、救人、解穴、退身，再面对铁花堡，几个动作一气呵成，从容不迫，真是一代宗师的气度风范。

铁花堡的目中发出一种很奇异的光芒。

他低低地发出了一声虎吼。

然后他的身子如一朵红云，骤然往上“飘”去。

瞬息之间，他又到了晋祠最高石阶之上。

铁花堡虽然身退，但车占风的硬绷绷的脸色，却突然紧张了起来。他就似一张欲发的箭矢，已拉满了弩弦，站在阶顶的铁花堡，就似一只待机而噬、居高临下的黑豹！

——究竟箭利，还是豹可畏？

铁花堡遽尔俯冲，他红云般的身形越过了数十石阶，直盖而下。

车占风倏冲上两三级，双掌削出！

两人手掌相交，一居其上，一居其下，形状十分奇诡，“呼”的一声，红云一闪，铁花堡一掠数丈，又回到了石阶上处。

“西域魔驼”不明所以，睁大眼睛观察，就在这时，车占风身后冲上来的石阶，忽然齐中碎裂，轰然坍倒，原来车占风看似沉静内蕴的蓄力，其实一触即发，他未接掌之前冲上几级，内力压击爆发，石阶踏碎。

铁花堡的武功走的是居高扑击的路子，俯冲扑击之下，依然不能一举击垮车占风。

这时车占风又猛冲上几步。

铁花堡又扑击而下。

——箭快，还是豹爪捷？

二人四掌一接，这次黏在一起，比第一次甫接还久，然后“呼”的一声，铁花堡又落于石阶上，身形一阵摇晃。

这一下情形甚是明显。车占风已抢得了七八级石阶，缩短了距离，铁花堡俯冲之势便不够先前的强，所发挥的掌力，便打了折扣。

车占风又急冲几步。

铁花堡又扑而击下！

——箭绝，还是豹牙毒？

这应该很快会见出分晓。

铁花堡再俯冲下来，车占风又与之对了一掌，二人四掌再分，铁花堡落回原阶时，脚下一阵踉跄。

更严重的是，他已没有多少梯阶的距离可倚仗。

车占风又伺隙冲上数级，下面所有的石级都被他踩碎。

车占风心里也着实分明：师兄铁花堡的“和身扑击法”，掌力夹势道道凌厉，就算自己，也无法承受，他每接一掌，都将这摧筋断骨的掌力移到脚下，踩碎石阶，才勉强接下。

他一向都深知这大师兄，如肯下苦功修炼，加上先天体魄之强，未尝不可超越自己，但太着重声势绰头，借势使力，虽更强凶霸道，而今却也给予自己缩短距离以破之便。他一面借一歇之机急冲数步，一面也暗自盘算，暗下叹息。

铁花堡眼见自己已无可借力之处，遽如大雕般攫起，掠上晋祠屋檐，就要俯击而下。

但他人甫至屋顶，"笃"的一声，一人足尖已在屋顶上。

"喀喇喇"一阵连响，屋瓦已被那人踩塌了一大片。铁花堡此惊非同小可，急扑而下，车占风却到了他背后，左掌"啸"地削出！

眼看就要击中，忽然斜里抢出一人，"砰"地跟车占风对了一掌。

这时三人都脚已着地，车占风双肩一晃，那"西域魔驼"却退了二步，铁花堡低啸一声，回身坐马，双掌并发，击向车占风！

车占风应变何等之快，也击出两掌，铁花堡大喝一声，左臂被震得半身发麻，车占风"喀喇"一声，左腕骨几乎震脱。

车占风冷汗痛得涔涔而下，却不哼一声。原来他原先运于左手的掌力，被"西域魔驼"以"冲星掌力"硬接过去后，虽占得上风，但掌力剩下不及两成，再硬接铁花堡回身双掌，左手登时险些脱臼。不过他右掌力发于新，仍能把对方半爿身子震痹。

但是这一下子，优劣立判，若"西域魔驼"与铁花堡合击车占风，车占风必败无疑。"西域魔驼"正是如此想法，怒啸一声"嗤"地一指划出。

他因忌惮车占风掌法了得，不敢再与之硬拼掌功，便以"清啸指法"应敌。车占风急闪一步，依然云停岳峙，指风破空戳过，划破了他的袖口一个洞。"西域魔驼"一面怒啸，一面出指，一时间也不知啸了多少声，划了多少指。

车占风虽只有单掌应敌，但在指风间周旋，虽动无常则，若危若安，每一步都不失其沉稳刚健。便在此时，铁花堡也调息一下，半边身子已血气通畅，又挥掌抢攻了过来。

这以一敌二，胜败立见。

车占风虽在危境，但神色不变。

“西域魔驼”恐夜长梦多，指风越划越急，一记闪身，忽然一回，以驼峰向车占风撞去！

车占风单手正缠住铁花堡双掌，冷不防“西域魔驼”竟以驼峰撞来，一时不知如何应付，便在此时，娇叱一声，一柄镶十七颗明珠的水色长剑，迅快无伦地刺入了驼峰之中！

“西域魔驼”大叫一声，只听“哧”的一声，又“嗞嗞”一响，他急忙转身，一脸气急败坏，却无痛苦之色。只听一女音笑道：“原来你这龟壳是铁铸的，还长了倒刺呢。”

却是在刚才那一剑，原已刺中“西域魔驼”驼峰之中，全至朽不死必伤。但“西域魔驼”素来卑鄙险诈，在驼峰之上，罩有铁皮，上装有倒钩，必要时既可护身，又可当为武器使用，而今给刺中一剑，铁皮上的倒刺立刻钩住长剑，但“西域魔驼”本没料到人撞不着，却撞上一把剑，情急之下，拼命拉拔，将壳扣扯裂，铁皮铜钩，倒黏在那人的剑尖上。

“西域魔驼”当下狼狈至极，但总算为这模仿昔年“铁龟”杭八的“护身武器”所救，不至丢了性命。回身一看，却见一个艳丽妇人，凤目红唇，笑得毫无禁忌。

“我是旷湘霞，人称‘瀚海青凤’，你暗算我丈夫，我暗算你，一点也不为过。可惜就没杀了你。”

"西域魔驼"气得吹须瞪眼，偏偏一双小眼睛，就是睁不大。却见铁花堡与车占风双双跳开，车占风道："你来了。"语音平静，但神色间无限安慰。铁花堡也颤声道："你……来了。"

旷湘霞扶住车占风，无限温婉地问："你受伤了？"车占风摇首道："我不碍事。"旷湘霞抿嘴道："今儿个可不能再放虎归山啦。"车占风点点头，又问："晶儿莹儿呢？"旷湘霞笑道："我见你偷偷溜了，必去赴险，所以把她们交给宋教主，我调'追风十二骑'就赶过来了。"

车占风语气里十分平定，但眼色却十分温柔："来得好。"旷湘霞哈哈笑道："我几时有来得不好来着！"说到这里，忽被一阵凄怆摧绝的悲啸震住。

撮啸的人，正是蒙古铁花堡。他将自己的衣襟抓得片片碎裂，又将红披风用力一扯，撕成两半。他对这小师妹自小爱慕，后来因得不到师妹青睐，便自暴自弃，交朋结党，遭师父厌弃。如今一别数载，他正在与情敌一决生死之际，小师妹来了，却好似全未见到他一般，径自和他的强仇言笑晏晏，看得他妒心填膺，觉得数十年的思念与感情，没有一点回报，不禁凄苦填臆，仰天悲啸。

旷湘霞道："大师兄，你欺师灭祖，再也不是我们的大师兄了！"

铁花堡颤声道："你……你好……你好……"

旷湘霞道："连恩师都敢加害，你好狠！"铁花堡捶胸嘶声道："我狠，我狠……"一拳向车占风挥去，惨怒之下，已无招势，但力度更加沉猛，车占风以单掌一接，旷湘霞回剑反斩，"西域魔驼"抢步上前，"嗤"地一指，旷湘霞横剑一守，指风打在剑身上，“嗡”的一声清响。

旷湘霞道：“好指力！不过比不上‘长空神指’！”“西域魔驼”自以为已在“三正四奇”之上，但经刚才一试，情知自己掌力比不上车占风，旷湘霞如今又说自己指力比不上桑书云，这还得了？当下气得哇哇大叫，快打急攻，虽然占了上风，但要扳倒这“瀚海青凤”，一二百招之内似绝无希望。

他为人甚是狡诈，一面以“冲星掌法”“清啸指法”对敌，一面打量情势，只见车占风以单掌和铁花堡相战，铁花堡因气愤失度，反被车占风震折一臂，已大落下风，而那少女已扶那给自己打倒的胖子，周围还多了一十二名黑披风的“大漠派”打扮的人，现下局势，对自己等可是大大不妙。

“西域魔驼”蓦然叫道：“铁老大，铁老大，快亮法宝！”旷湘霞不知他叫什么，一呆即道：“你穷嚷嚷也没有用——”忽听丈夫“啊”了一声，跟着便“啪”的一声，着了结结实实的一击。

旷湘霞不知所以，只见丈夫竟然跪在地上，硬受一掌，并不回手。旷湘霞惊震莫名，眼瞥处那“追风十二骑”竟尽皆扑跪于地。旷湘霞深知丈夫为人，铮铮傲骨，向不求人，怎会跪倒，而“追风十二骑”忠心耿耿，义勇双全，更不可能是求饶之辈！

旷湘霞此惊非同小可，只见铁花堡右手高举一物，形如一只钢铸的手掌一般，上刻“万里飞砂”四个字。旷湘霞一见，畏怖当堂，颤声道：“大……漠……神……手……令……”

“西域魔驼”狞笑道：“不错，旷湘霞，你敢抗命不成？！”挺身又上，指掌并发，旷湘霞心神俱乱，尽落下风。

桑小娥与梅醒非，明明见己方大占上风，忽然铁花堡擎出令牌，局势便急遽直下：他们却不知道这“大漠神手令”一出，等于是大漠派宗祖亲至一般，不管所令何事，都不得有违。

车占风目眦尽裂，嘶声问：“这令……你怎么得来的……”他们从中原返回大漠时，恩师东方无子已毙命，并未留下这代表掌门的信物。

铁花堡道：“是……是——”“西域魔驼”怕铁花堡掀底，怪笑截道：“是你的死鬼师父给你大师兄作为掌门的信物！”车占风如遭雷殛，多年来他自居掌门，因师父平时就有意使他当大漠派之接班人，却未料师父竟传大师兄，自己反成了窃居其位，颤声道：“师父……您老人家真的……”语音无限凄苦。

铁花堡恶向胆边生，兀地一声大喝道：“掌门人手令在此，你敢不从命？！”

车占风惨笑道：“不敢。”

铁花堡又一掌劈下去，车占风身形一动，终于没有闪躲，“喀喇喇”一声，不知打碎了多少条左胸的肋骨。

旷湘霞泪迸满腮，悲呼道：“占风，那令牌一定是这丧心病狂的东西弑师窃取的呀——”

车占风全身一震。话虽如此，但“大漠神手令”既现，却怎可不遵从？方犹豫间，铁花堡一不做、二不休，又一掌击下，“喀喇喇”又一阵连响，车占风右胸肋骨几乎尽碎。

铁花堡见旷湘霞对车占风情致殷殷，更加痛下杀手。旷湘霞目睹车占风受如此重击，心慌意乱，“西域魔驼”趁机连点中她“阳白”“廉泉”“风府”三处要穴，旷湘霞哀呼而倒。

“追风十二骑”因铁花堡手持掌门令牌，虽极鄙视其为人，但派教森严，不敢稍违，忍辱不动，却见“西域魔驼”点倒旷湘霞，忍无可忍，拔剑在手，一拥而上，猛听铁花堡大喝一声：

"退下！"

十二人不敢抗命，硬生生止步，"西域魔驼"嘿嘿狂笑，一伸手，"嘶"地撕了旷湘霞一大片衣衫，露出雪白的肌肤！

"追风十二骑"实不忍睹，其中一人，拔刀"虎"地一舞，狂嘶道："兄弟们，我派规令有云：若要不听'大漠神手令'，需流自己兄弟的血，需断自己兄弟的人头——那就流我的血，断我的头吧！"

扬手一抹，颈喷鲜血，染红了刀身，染红了十一骑的眼睛，还听他喝道："动手啊——"

声音戛然而断。"追风十一骑"早已气红了眼睛，对铁、全二人，恨不得食其肉而寝其皮，抽其筋而炊其骨，齐喝一声，飞扑而去！

梅醒非和桑小娥，可不是"大漠派"的人，不必听命于"神手令"，早已豁了出去，梅醒非扑向铁花堡，他早已负伤累累，又岂是铁花堡之敌？桑小娥冲向"西域魔驼"，全至朽侮慢笑道："嘿嘿，一个标致娘儿还不够，再多送上来一个，嘿嘿……"

这时"追风十二骑"中，五骑合攻铁花堡，五骑合击"西域魔驼"，剩下一人，力图拯救车占风夫妇。"西域魔驼"是急色鬼，铁花堡对师妹也想一偿夙愿，两人都是同一般心思，恐夜长梦多，所以出手至为狠辣，立意要先杀尽这些大漠派的英雄好汉。

但"追风十二骑"毕竟不是省油的灯，何况恨绝这两人所为，全力出手，也不留余地，宁愿同归于尽。"西域魔驼"一时不易将之解决。

他心生一计，猛陡"嗤嗤嗤嗤嗤"射出五指，五人纷纷闪躲，"西域魔驼"一手搭在桑小娥肩上，五骑侠义本色，匆忙来援，

"西域魔驼"桀桀一笑："放心，还不舍得杀你这美人儿！"

忽然往旁一掠，五骑这下旨在救人，反怠于包抄"西域魔驼"，给他脱圈而去。只见"西域魔驼"一闪一晃，到了铁花堡战团之后，其中一骑心里大惊，大叫道："小心——"

话口未完，"西域魔驼"已一指戳在一骑背心的"神道穴"上。那飞骑惨叫一声，当堂毙命。"西域魔驼"怪声中，趁虚而入，一手抢过铁花堡手中的令牌，大声喝道："吠！大漠神手令在此，敢有不从？！"

"追风十二骑"本誓死效忠"大漠派"，见全至朽亮出"大漠神手令"，虽已有弟兄的血破解，不遵令并非违抗，但少不得惊震了一下，"西域魔驼"和铁花堡是何等人物，铁花堡"砰"的一声，打死了一人。"西域魔驼"嗤地一指，打中一人脸上"颊车穴"，那人脸穿了一个血洞，惨呼而殁。

其余的"追风十二骑"，惨怒之中，围杀上去，却只剩下了八人，"西域魔驼"和铁花堡二人武功极高，这八人哪里抵挡得住？车占风在地上早已吐血不止，眼见不活了。旷湘霞被"清啸指力"所封的穴道，又非他人所能解；梅醒非身负重伤，爱莫能助，桑小娥武功低微，却也以"长空神指"，勇奋御敌。

"西域魔驼"见已大局稳操，心头甚是得意，心想两个娘儿活色生香，待会儿得好好享乐一番，想着想着，左手"清啸指法"刚出，忽遇五道丝丝劲气回袭，相抵之下，五指俱是一麻，险被震断，心中大怒。

原来他的"清啸指法"，与桑小娥的"长空神指"一触，他是得意忘形，桑小娥却尽力施为，而且"长空神指"为桑书云一生心血，专破内外家罡气，"西域魔驼"一不留神，险吃大亏。他终年打雁，今朝差点儿没教雁啄瞎了眼，心下一横，忖道：不给些厉害你这丫头看看，待会儿又不从我！“嗤嗤嗤嗤嗤嗤嗤”七声指风，夹着七声厉啸，直袭桑小娥。

这七指是“清啸指法”的“七情六欲”，十三道劲气之中，有七杀六空，空者怯去对方反击之力，实者威力无穷，桑小娥的“长空神指”，运用已然吃力，怎接得下这奥妙的指功？

正在此时，十六缕指风，漫天破出“嗞嗞”之声，急拂而下。

十六道指风半空迎击，“西域魔驼”大叫一声，左手五指第一关节尽被震折！

只见白衣一飘，一人已拦在桑小娥身前，剑眉星目，神清骨秀，直如三国周郎一般俊貌，“西域魔驼”目睹来人一拂之纯，自己见所未见，闻所未闻，颤声道：“桑书云……”

那人淡淡一笑道：“我要是桑帮主，这一招‘四大皆空’，就不会使得如此笨拙了。”

桑小娥惊噫一声，嘤咛泣倒在那白衣青年怀里，一面说着：“你来了，你来了，我好生恼你……我好生欢喜！”

这一会儿说“好生恼你”，一会儿说“好生欢喜”，莫衷一是。只听桑小娥忽又叫道：“不成，不成，先解车婶婶穴道，车叔叔他……”

方歌吟这才看清楚了场中的局势。

第叁回 忘忧林之谜

人生有时候每一步就像下一着棋，谁也焉知生死。可能是生，也可能是死。可能是死，也可能是生。可能现在看起来是死棋，却在下数十着里变成了最有力的活棋。

方歌吟自从被任狂咬中“关元穴”后，“百日十龙丸”毒性，反尽被“武林狐子”吸去，而任狂死前，知其乃是故友宋自雪之高足，以及恩公方常天之独子，所以授以武艺，传予功力。

方歌吟赶赴龙门途中，曾在难老泉旁与林公子一战，得识“天外有天，人外有人”，一路上悟出许多读书、剑术的道理，省觉自己已与儒学、佛理愈远，却耽迷于杀伐、竞斗之中，心情起落不定。

这日来到太原附近，便想到晋祠烧一炷香，祈禀亡父，保佑自己能在“忘忧林”寻得费四杀，以雪大仇。他倒不是为“仙人掌”暗记引来的。只是他一到晋祠，即见桑小娥遇上强敌，人在危旦，急使“长空神指”中一式“四大皆空”以破之。此刻他的功力，既得宋自雪、宋雪宜、祝幽三家调教，又有桑书云、任狂、“百日十龙丸”之助，自然非同小可，一弹之下，气力割体，连断“西域魔驼”五指。

方歌吟见着桑小娥，心想天可怜见，喜极忘形，未觉察车占风倒在血泊之中、旷湘霞被点倒的惨局，而今一见，憬然醒觉，不觉怒火中烧，飞掠过去，一长手替旷湘霞拉好衣衫，另一手稍为用力，一股真力，自旷湘霞背后心“至阳穴”涌了过去。

“西域魔驼”却还不惊，心忖：我的指力，唯有我自己才能破解，你这是白费心机。却见旷湘霞一跃而起，脸色惨白，戟指大呼：“还我夫命来——”

只见铁花堡倒纵身，飞上大树，居高临下，向旷湘霞俯冲过来！

原来他见对方来了强助，只怕敌方还有厉援，所以想快刀斩乱麻，扑击旷湘霞，将小师妹掳了去，以偿夙愿。旷湘霞早已不顾一切，竟然直撄其锋！

方歌吟见势不妙，他知车占风生死未卜，定是为这等奸人暗算，心下也极愠怒，当下纵身而起，右手一掌，左手一掌。

别看这平凡无奇的两掌，正是“血河派”的从心所欲神功。左掌以微柔若鸿毛之力，轻轻将旷湘霞送出三尺外，右手一掌，却有震破内家真气的大威力，与铁花堡双掌一接，铁花堡大喝一声，飞翻落回树上，忽又“叽哩咔啦”数响，铁花堡连人带数十条枝丫花叶坠落了下来，“砰”地撞在地上！

原来铁花堡的“和身杀法”，每借力出击后，必须掠回原地，方能卸去大力，否则将被内家罡气反震而伤肺腑；但这次所遇对方奇强，甫接之下，飞回树丫，踩断而落，那树极是高大茂盛，他一路跌了下来，撞断不少树枝，但余力依然未消，结结实实跌了一大跤。

他内力甚强，虽受轻创，但依然一跌即时坐起，他生性拗强，怎生受这奇耻大辱？却不料刚刚坐起，猛响一声厉喝，车占风也乍然坐起，双掌“砰砰”击在他的胸膛上！

这下迅疾无俦，铁花堡一呆，便已中掌，旷湘霞一怔，便已听到“砰砰”二响，铁花堡双臂一举，终又萎然软落，惨笑道：“你……好……还……是……你……狠……”每说一字，便吐了一口血。说到后来，血遍全身，甚是可怖。

车占风没有答话，双掌一紧，铁花堡只觉胸膛塞满了灼热的千万砂子，为之一窒，便告气绝而亡。

车占风此时胸膛骨骼尽碎，他强撑到现在，不过要先杀铁花堡而了这一桩师门的血海深仇而已。他以毕生累积之力，猝而发掌，打死了铁花堡，铁花堡手上一松，“咯当”一声，一物掉了下来，跌在车占风身边，正是“大漠神手令”。

车占风捡起钢令，惨笑之声，旷湘霞奔近去时，声断人亡。旷湘霞将他的头抚入怀中，细细轻抚，低低叫唤：“夫君……”

闻之见者，莫不掩息。“西域魔驼”见大事不妙，早已脚底加油，悄悄溜了。

这时旷湘霞蓦然抬头，向方歌吟正色道：“几日未见，方少侠似又有奇遇，可喜可贺。现有一事，烦托少侠，望能相允。”

方歌吟慌忙道：“车婶婶万勿客气，尽请吩咐便是……”

旷湘霞微微一笑，容色淡定，道：“我们师门不幸，以致落得今日下场，全是奸人陈木诛诽谤离间，以及刚才那‘西域魔驼’一手造成。而今我夫君已亲报恩师深仇，遗下的两人，就要请少侠代劳了……”

方歌吟正色道：“此乃义所当为。婶婶之托，晚辈悉力为之，万死不辞。”

旷湘霞点点头道：“如此很好。请受我一拜……”说着便对方歌吟叩了三个头。

方歌吟慌了手脚，手忙脚乱，要扶也不是，只好也跪地拜了起来，边叫：“不可！不可！婶婶如此实折煞晚辈……”

旷湘霞一笑道：“这是我夫妇俩拜谢之礼。晶晶、莹莹，日后就蒙少侠和桑姑娘多多照顾。”

方歌吟和桑小娥都隐觉旷湘霞语气不妙，都异口同声道：“这个当然，这个当然……”

旷湘霞双手捧住“大漠神手令”，正色交予方歌吟，方歌吟不明所以，也双手接过，旷湘霞道：“这是‘大漠派’掌门信物，”方歌吟“啊”了一声，不知放下好，还是交回给旷湘霞好。“此物曾误落歹人之手，以致有今日下场，少侠是为‘大漠派’第五代掌门，应予发扬光大，勿重蹈覆辙。有关‘大漠派’细节，可询‘追风八骑’。‘十二骑’原本忠心耿耿，义薄云天，可惜……”说到这里，“追风八骑”都跪了下来，饶是大漠飞砂间的雄男铁汉，也不禁泪流当场。

“他们随车叔叔已久，你要善待他们。”旷湘霞忽又莞尔道，“你记得当日你要上恒山追桑小姐时，我请你喝的烧刀子吗？”

方歌吟含泪道：“记得。”

旷湘霞解下酒壶，拔下塞盖，用力一捏，一股酒泉，激射入旷湘霞喉里，旷湘霞玉颊陡升两道红霞，用白玉也似的手背抹了抹红唇，将剩下的半壶塞到方歌吟手里，道：“那，这当是婶婶代叔叔喝了你俩的喜酒！”

桑小娥哀叫道：“婶婶……”

方歌吟情知不妙，急道：“车婶婶，请节哀顺变，‘大漠派’还是由你主持，方望有成……”

旷湘霞粲然一笑：“节哀？我才不悲，夫君此刻已上了望乡台，我也要赶去喝一碗孟婆汤了！十殿阎王那儿，还有的是宿仇旧敌，刀山火海，我怎先让他独闯……”说到这里，声渐低微，终于往后仰跌，靠倚在车占风怀里死去。

原来她以“烧刀子”射入喉头时，已运暗劲，将力道夹于酒泉内，激撞肺腑，自绝经脉，跟随名列三正四奇中而今不幸惨遭暗算的“大漠仙掌”车占风的英魂而去。

桑小娥悲叫道：“车婶婶、车婶婶……”“瀚海青凤”旷湘霞唇边流出一丝鲜血，似情烈一般触目！

方歌吟得与桑小娥喜极相逢，欢喜自不在话下。十人殓葬车占风夫妇于晋祠后，虽因车占风、旷湘霞之殁而伤怀，但毕竟抑不住相见的喜悦之情。二人让“追风八骑”先行，两人按辔而行，情致缠绵。

桑小娥得知方歌吟已解体内“百日十龙丸”之毒，更喜不自胜。

方歌吟见桑小娥瓜子脸蛋，眼如点漆，阳光映照下，酒窝浅浅，又对自己温柔款款，谈笑晏晏，不禁说道：“小娥妹子，这些日子，我好生念你。”桑小娥红着脸啐道：“又来了！光天化日，说这些话儿，也不怕给人笑！”方歌吟望望天，望望地，奇道：“想你念你，又不是什么说不得的话儿，我还要说哩。”桑小娥脸更红，啐道：“我不来了！专说这些风言风语，你去说给风听好了。”

谁知方歌吟真的跑去当风大声说：“风啊，风啊，你可知道，我多喜欢，不知妹子肯否与我共偕白首。”这时道上仍有三五旅人，都诧异回首，指指点点，惋惜此子好眉好貌，却是疯了。桑小娥唬了一跳，脸红得像五月的一朵山茶花似的，急忙拉扯方歌吟的手臂，轻怒薄嗔地啐道：“你……你再耍无赖，我不睬你了！”

方歌吟怕桑小娥真的生气，也不敢多胡闹，只见长空哇哇几声，两只大雁，一前一后，往西飞去，遂想起车占风夫妇，不禁心头一动，道：“唉，车家姊妹，还不知她们父母身遭大难呢。”言下不胜神伤。

桑小娥却未应答。方歌吟又道：“待见着她们，需好生照顾。此赴‘忘忧林’乃多险境，我等不可负人所托。”桑小娥也未回答，方歌吟心生纳闷。

两人执辔行了一会，桑小娥马蹄加快，方歌吟见暮色将近，桑小娥黑瀑也似的发尾像马尾一般一跳一伏的，心中也一上一下地跳伏着，追上去靠侧问道："怎么了？"

桑小娥没有侧过脸，"哼"了一声，道："没什么。"方歌吟边按辔端凝，道："你有心事？"桑小娥道："没有。"方歌吟顿觉前途惨淡茫然，心头有如十五只吊桶打水——七上八下，柔声问："是我的疯话得罪你了？"桑小娥又答："没有。"

桑小娥当然不知如此冷淡的答话，有多伤方歌吟的心。两人又并辔行了一段路。桑小娥忽问："我想问你一桩事儿。"方歌吟见桑小娥肯与他说话，便如玉旨纶音，大喜过望，道："好，好，好。"桑小娥白了他一眼，冷冰冰地问："晶晶莹莹，你喜欢哪一个？"方歌吟一呆，道："两个都喜欢……"桑小娥又"哼"了一声，猛加一鞭，策马"喀嘚喀嘚"直奔过去，再也不等方歌吟。方歌吟执马鞭怔了老半晌，才急起直追。

好不容易追上桑小娥的马匹，已是入黑了，桑小娥既不肯下马歇息，方歌吟也不敢劝息。方歌吟一直小心翼翼地偷瞧桑小娥，桑小娥却一直脸若寒霜，方歌吟苦于找不到机会搭讪。

两人在暮黑中提辔疾驰了一会，都没有说话。方歌吟心里头打鼓，心想："我几时得罪她了？我几时得罪她了？"忽又想到当日长安城里"快意楼"的惊鸿一瞥，桑小娥径自撇着嘴，不睬他，阳光筛进楼来，京华里的世界，仿佛都是桑小娥和严浪羽他们这些世家子弟的吉光片羽。这印象在方歌吟脑海里，却非常深刻。就连现在的他，也是那般手足无措，像一个多余的人物。

他一直反复地想着：啊，我得罪她了。忽然灵光一闪，不禁

“啊”了一声，桑小娥微微侧首，装得不经意地问：“怎么了？”方歌吟脱口道：“你是在生气车家姊妹的事吗？”桑小娥转过头去，不去理他，只见背后的乌发一抛一抛的，在夜色里有说不出的宁静柔和。

方歌吟又急着问：“是不是呀？”桑小娥仍是不睬。方歌吟急煞，一策马辔，抢在桑小娥马前，情切地问：“怎么啦？”桑小娥白了他一眼，老实不客气地一扬鞭，叱道：“让开！”方歌吟见她作势要打，忙不迭向旁一侧，却听桑小娥“噗嗤”笑出声来。

桑小娥这一笑，方歌吟心头一块大石，才算着了地，真是如解倒悬。方歌吟上前握着桑小娥的手，恳诚地道：“小娥，车婶婶临终托孤，我自当答应，并全力以赴，车家姊妹，我怎敢有他意？抚养长大，觅头好亲事，嫁出去也就便了。”桑小娥低首赧然，仍轻叱道：“你说‘不敢’，是‘想而不敢’么？”声音已不再冷若冰霜。方歌吟慌忙道：“误会，误会，是既不想，又不敢。”

桑小娥掩嘴笑道：“那你怎生安置她们？”方歌吟嗫嚅道：“这……这……”桑小娥没好气道：“既舍不得，就收来做……”方歌吟怕桑小娥又翻脸不理，急道：“慢慢慢……你既不喜欢，那我就……就请桑帮主代为照顾了。”桑小娥粲然一笑道：“最后还不是抬出了我爹。”方歌吟苦笑道：“你爹他老人家洪福齐天，事事都扛得住。”

桑小娥静默了一会，忽道：“方郎。”方歌吟受宠若惊，趋前道：“什么事？”桑小娥轻轻剔着指甲，头垂得低低的，道：“你为我如此，我也是知道的。刚才的事，实在是我不讲理。”桑小娥吹气若兰，方歌吟听得心头一甜。桑小娥又道：“车家自小待我很好，车婶婶待我既像大姊，又像妈妈……我自小没了妈。”她说着，眼圈儿一红，泫然欲泣。方歌吟也是自小没了娘亲、爹又遭横死，也觉怆然。

桑小娥断断续续又道："车家姊妹，自小和我就很合得来……你……你不必为我避忌些什么，我……我只要知道你对我好……"方歌吟见夜色中桑小娥柔若春水，双肩怯小，心口一荡，越马双手搭在她的双肩上，桑小娥缓缓抬起头来，双眸若星，朱唇半启，方歌吟只觉心头激情，不禁为这轻颦惊怒而色授魂销，凑过脸去，桑小娥正欲宛转将就，忽然两人胯下坐骑，惊嘶一声，几人立而起！

只听榉树林一阵簌簌响，跳出了四名大汉，一言不发，手中双锏一展，已将四条马腿割断！

两马哀鸣倒地。方歌吟与桑小娥正如漆如胶，若饮醇醪之中，所以被强敌包围，尚不自知，故一上来失了先手。双马重创倒地，方歌吟心有不忍，他左手一提，将桑小娥拉掠了起来，右掌却隔空拍了下去，掌力至中途，又分而为二，击在两匹马脑门上，两马当堂惨死，免却了许多痛苦。

方歌吟扶桑小娥飘然落地，只见地上东一团，西一簇，倒的都是尸体，瞧服饰装扮有的是"长空帮"，有的是"七寒谷"，有的是"恨天教"，有的是"天罗坛"，有的是少林派，有的是武当派，有的是恒山派，更有的是服饰跟这四人所穿的玄色窄衣短打劲装一般。方歌吟心知此际已接近"忘忧林"，暗骂自己了一声：好大意了！

只见那四人目光迟滞，一旦斩倒马匹，又向自己围杀过来，方歌吟一见此情势，便知群豪曾在此地与"忘忧林"的先锋交手过，却不知先他俩而行的"追风八骑"和"雪上无痕草上飞"梅醒非安危如何？心中大急，那四人也不招呼，四人八锏，带着划风厉啸，飞切而来！

方歌吟展开步法，避了几招，喝道："住手！"四人不理，步步见迫。方歌吟大喝："叫你们的领袖出来，别枉送性命！"这四人早失本性，哪里肯听？方歌吟长叹一声，一掌劈出！

这四人还待进逼，却被一股狂飙，逼得直卷飞出去。就在此时，方歌吟忽然听见，榉树林的那头，有兵刃交击之声，其中还夹杂着梅醒非叱咤的声音。

方歌吟自是一震，桑小娥也听见了，呼道："梅二哥在那边……"方歌吟点点头，正欲掠出，那四名窄衣短打的大汉又挥锏扑上，方歌吟大喝一声，猛一爪抓在坚硬的岩石上，竟生生抓碎一把坚石，捏成石末，"呼"地撒打而出！

只听"啊呀！""哎唷！""哇啦！""呜哗！"连声，四人那里抵挡得住，碎石有些击破前额，有些竟穿身而过！方歌吟自己也大吃一惊，他断未料到自己功力竟如此之高，出手如此凌厉！其实他现在身怀"血河派"的"一气贯日月"神功，内家功力已至"从心所欲"的地步，外家功力也臻"登峰造极"的火候，一出手足以断金裂石，这一把碎石，岂是那四个"忘忧林"徒众可以抵受得了！

方歌吟心头难过，脚底却丝毫不停，一冲而起，掠上树顶，再从树丫借力一跃，他头下脚上地望落下去，只见东南隅正有一撮人在厮杀着。他认定方向，纵向桑小娥处，轻轻一搂，桑小娥只听耳际呼啦作响，两旁林木飞掠，猛然止住之际，已到了另一处。

只见"追风八骑"，齐喜而叫道："少掌门！"原来这八人和梅醒非，正与两人酣战，见方歌吟从天而降，急忙住手跳开行礼。那两人以寡击众，却勇猛异常，大占上风。这两名敌人跟方歌吟打了个照面，三人都是一怔，那男的怪笑道："哼哼哼，原来是你，原来是你这浑小子！"

那女的却"哇哈"尖声叫道："臭小子当上了'大漠派'的掌门了，你的'天羽派'掌门不要啦！好吧，今番咱夫妇连两派掌门人一并收拾了！"

原来这两人并不是别人，男的矮小、白发、银须、精猛、凸目，着墨绿长衫，小小的身子，架着件大袍衫；女的枯干瘦柴，但浓妆艳抹，花衫花裙，形貌阴狠无比……正是昔日的"铁狼银狐"夫妇。

当日之时，方歌吟受艺于"江山一剑"祝幽，武功与此际相去甚远，曾被这铁狼银狐苦苦追杀，尽情侮辱，但亦因此方能巧遇掌门师伯宋自雪。后来得"天羽奇剑"宋自雪尽授真传后，又力战过二人，还稍占了些上风，"铁狼银狐"心气极窄，早已恨不得将之挫骨扬灰而甘心，而今更是"仇人见面，分外眼红"。

铁狼牙缝里发出咆哮，十根如棒槌般的胖手指，雨点一般的拳头飞捶过来！

方歌吟的武功，当非昔可比，他一扬手，"长空神指""嗤嗤"划空而出，铁狼曾在桑书云手下吃过大亏，这神指一出，铁狼急退变色，厉声道："怎么……怎么连'长空神指'也学会了……"

方歌吟笑了一声，道："会的还多呢。"一掌拍出，铁狼又退了两步，闪过一击，方歌吟却手臂一长，"砰"地击中铁狼胸口，铁狼咯了一口血，骇然道："这……这是'东海劫余门'……

你……你……”

饶是他抓破头脑，也想不出方歌吟何以能兼这数家之长。银狐尖啸一声，“三三拳法”尽施而出，往方歌吟背上就招呼过去，方歌吟展开“东海劫余岛”的“反手奇招”，与其对拆十数招，而足不旋踵。

银狐又急又怒，心忖：这小子怎么判若两人，就算桑书云亲至，怕也没这种功力。她不知方歌吟已得宋自雪真传，以及宋雪宜的“武学秘辛”中的武功招式，加上桑书云的指导，功力武艺，与“三正四奇”已相去不远，加以“百日十龙丸”的十倍功力，和任狂的倾囊相授，此刻他的武功，还在大风道人之上，“铁狼银狐”，又焉是其敌。

方歌吟边打边问：“你俩加入了‘忘忧林’？”银狐就算想要答话，一口气也喘不过来。铁狼吼道：“干你屁事！”方歌吟道：“想请教一事。”铁狼骂道：“教你妈的头……”话未骂完，“啪”的一响，脸上已中了一巴掌。

铁狼横行江湖，几时遭过这等奇耻大辱？他却不知方歌吟最恨别人辱及他的先人，所以一掌掴过去，不让铁狼再骂下去，此刻他出手极快，一个快步，跨中带纵，已抢了过去，掴中了对方，铁狼只见眼前一花，来不及招架，脸上已着了一巴掌。银狐却打到一半，顿失敌人之所在，不禁怒骂起来：“龟儿子，打着怎又溜了……”“啪”的一声，银狐也被掴了一巴掌。

这下铁狼银狐，可谓跌了个大跟斗，再也不敢轻敌，两人呼哨一声，铁狼在上，银狐在下，两人竟施展起“天杀地绝”大法起来！

方歌吟瞧了一眼，也只瞄了一眼，继续问了下去：“桑帮主等是不是都到了‘忘忧林’中？他们怎么了？‘忘忧林’在哪里？”

铁狼嘿嘿笑道：“到了‘忘忧林’，还会怎样的？早就死翘翘了啦！”银狐冷笑道：“不必找‘忘忧林’啦，让‘天杀地绝’送你们去阴曹地府罢！”两人的“天杀地绝”发动起来，是以一人乘四倍之奇力，他们这一套绝招，本是用以对付“三正四奇”的法宝，是以十分自负。

但两人使出“天杀地绝”的当儿，方歌吟双掌一推，发出一种白茫茫也似的劲气，两人只觉两道宛若龙象一般的巨力涌来，便直如顺风疾驶的风帆一般，急遽直下，一股神妙的大力，将两人拆散，银狐因在上面，“呼”地飞了出去，背脊“砰”地撞在一棵枣树上，痛哼一声，晕厥过去。铁狼却如葫芦冬瓜一般，直滚了出去，头颅“咚”地撞在一棵橘树根上，连哼都没哼一声，也晕眩了过去。“追风八骑”待要追击，方歌吟疾道：“只怕桑帮主等有险，别管这两人，赶赴‘忘忧林’要紧。”

“追风八骑”等早已认定方歌吟是“大漠派”未来发扬光大的新掌门人，恭声应道：“是。”方歌吟心中暗下惭愧，自己贪多务得，好玩戏谑，击败“铁狼银狐”，却连一招“天羽派”“大漠派”的武功招数也没有用上，心里觉得好生歉疚，越想自己越不像两大宗派的一代掌门人，但这两派掌门，却是不想做也不行了。

数人寻寻觅觅，却一直不见“忘忧林”入口所在，知“长空帮”等人谅早已与“忘忧林”的人交锋，不知胜负如何，心中更急得洋洋如沸。

桑小娥忽记起一事，道：“方郎。”方歌吟应了一声，桑小娥问：“你‘天羽门’中，是否仍存有一位叫‘追风一剑’萧河的长辈？”方歌吟“啊”了一声，反问：“是萧师叔，你……你可见着他了。”

原来昔年日月乡中，方歌吟年少拒抗“三色神魔”，与“忘忧四煞”等结怨，就是幸为“江山一剑”祝幽与“追风一剑”萧河所救，始得父子无恙。自隆中一别后，方歌吟便随祝幽学艺，未曾再见过萧河了。然方歌吟却对当日的相救，耿耿于怀，念念未忘。

桑小娥黯然道：“可惜……可惜……”方歌吟忙追问原委，桑小娥当下将“七寒谷”中，辛深巷如何智杀铁骨道人、牧阳春等，自己如何误伤辛大叔，“追风一剑”如何英勇杀敌，如何舍身击杀长风道长，等等事迹，一五一十，娓娓道来。方歌吟听得咬牙切齿，气得脸上噀血，听得萧河战死，便“噗”地跪了下来，叩首哭道：“萧师叔，你仁侠为怀，晚辈却未报深恩，又未能照顾于你身伴，真是畜生不如，我一定要找到沈哥哥，才对得起师叔您的赤胆英魂……”悲痛难以自已，桑小娥温言安慰道：“你师叔踔厉取死，为的是‘天羽’一派行侠操持，你应将‘天羽门’发扬光大，才算无枉此生了。”

方歌吟猛抬头，却见山涧下黄河如一头怒兽，在映隐的月光下粼粼流去，也不知流到何终何止。心头一震，也不知憬悟了些什么，蓦然一惊。他心头灵光一闪：数十年前，据悉萧秋水路过此黄土高原的峡谷时，不知也曾想到了些什么呢？

他却不知道，这一霎息间的思想，几十年前，萧秋水确曾对着这条冲奔翻腾千年万里的大河，思想过武林大局，昭昭日月。而于此之后，江湖一代大侠白衣方振眉，也曾在大白天的驻足间，悟出了“逝者如斯夫”的“昼夜不分身法”。

方歌吟幽幽叹了一声，桑小娥见问，方歌吟道："你听过大侠萧秋水的故事吧？"桑小娥抿嘴一笑道："武林中人，没听过萧大侠与唐女侠的传说，又有几人？"方歌吟便道出他当初在风雨日月乡中，遇大侠萧秋水神威救人的经过，说过又叹了一声，道："今番我在难老泉畔，遇着了一个人，好像便是萧大侠的旧交。"桑小娥惊噫一声，问："是谁？"

方歌吟道："可能便是昔年有名'刀剑不分'的'林公子'。"桑小娥莞尔笑道："原来是他。数十年前，这人好色而不乱，闹出不少笑话，但又自命清高，很是可爱，不过林公子随萧大侠，却不生二心，是一等一的英雄好汉。"方歌吟叹道："萧大侠得此良朋，可以足矣……"

桑小娥笑得酒窝深深，道："听说在攻打'七寒谷'时，爹和辛大叔等都发现，昔年的'铁钉'李黑等，也有时隐时现地从旁相助。"方歌吟一拍大腿道："李黑也来了？！那么两广十虎中的义气英雄、热血巾帼'杂鹤'施月、'好人'胡福、'铁汉'洪华，以及传说中的蔺俊龙、铁星月、大肚和尚、陈见鬼等不知会不会也出现……"桑小娥也听得热血奔腾，道："那是我们年少时听当年风云盛世的梦想呀！"忽闻惨号一声，"追风八骑"之一突然掉落一陷阱中去，辗转惨呼，不一会方才声嘶力尽而殁。

方歌吟惊愧交集，觉得自己与桑小娥温言说笑，心无旁骛，竟令同伴惨死而不自知，忙拔剑在手，当先行去，连破七八道陷阱。

众人见埋伏愈来愈多，显示"忘忧林"愈来愈近，心中暗下戒备。桑小娥忽尔"嗳吔"一声，她"嗳"字方出，"吔"字未发，方歌吟已飘至她身边，原来她踢到了一具丐帮子弟的尸首。

只见地上尸体累累，显然在此处历经一番血战。众人再小心翼翼走下去，但见烟雾飘绕，越来越浓，白茫茫一片，几难睹视三尺外之物，众人心下警惕，却始终未现敌踪，“忘忧林”虽呼之欲出，眼前只见林影幢幢，一层又一层，无尽无休，众人也不知自己等人究竟到了哪里，身在何处？

又走了几匝，方歌吟踏到一物，低首一看，原来便是那丐帮弟子，方歌吟心中一凛，知道已走入迷魂阵势中，只要一个不小心，就得全军覆没，自己有什么凶险倒还罢了，万一害了小娥及“追风七骑”、梅醒非等，则百死不足以赎其辜了。

就在这时，他忽然感觉到一阵不寒而悚。

这感觉跟他当初洞中惊遇宋自雪，以及阴山力战假扮“幽冥血奴”的大风道人时的感觉相近。

此刻他的功力浑厚至极，感觉至敏，他蓦然发觉，在前面转角处，看似阒寂一片，但却隐有卧虎藏龙之象；既无人迹，但又似有数千百人，在屏住呼吸，以待万钧一击。

他艺高胆大，又怕桑小娥等受损，当下抢步向前，大步踏去，眼看转弯处就在跟前——

他一步就跨了过去。

这一步是生，还是死？

人生有时候每一步就像下一着棋，谁也焉知生死。可能是生，也可能是死。可能是死，也可能是生。可能现在看起来是死棋，却在下数十着里变成了最有力的活棋。

——但是方歌吟这一步跨出去，走对了没有？这一步跨出去，对桑小娥来说，是咫尺，还是天涯？

第肆回 忘忧林之战

一股铺天卷地、断树裂石的巨飙涌来，方歌吟从未遇到过这等至矣尽矣蔑以加矣的掌劲，他心下几怖，双掌一挫，遽运“血河派”之“一气贯日月”，右掌以“从心所欲”，左手使“登峰造极”，急推而出，力抗这令人骇怖的巨力！

且说诸侠一路赶来了“龙门”，都不知“忘忧林”所在，眼看到了黄河峡谷，却不见了“大漠仙掌”车占风夫妇，众人心中隐隐觉得不妙。

众人兀自担心，严苍茫却冷眼旁观地说：“临阵退缩的人，古来皆有，用不着稀奇。”

天象大师登时跳了起来，怒道：“严老怪，你这是以小人之心度君子之腹。”严苍茫喃喃道：“我小人？他君子？”他目中凶芒倏然大厉，骂道：“你少林派的君子又不回去念经拜佛，却来这里杀人放火？！”

这简直是当着和尚骂贼秃，天象大师根根胡子竖了起来，严苍茫眯着眼睛，忽尔小声道：“有没有人说过你的胡子很好看？”天象怒火登时消了小半，摇首道：“还没有。”严苍茫怪眼一翻，道：“你放心，以后也不会有的。你的胡子比我岛上养的那头猪的尾巴还难看！”

天象大师这下气得白眉陡扬，“呼”地一掌劈出，严苍茫“霍”地回了一掌，他才一动手，雪峰神尼、桑书云两人脸上都霍然变了色。

“砰”地两股掌力一对，天象连跌三步，严苍茫才微微一晃。天象大师本来就是内力浑厚著称，他的掌功，更是宇内之冠，严苍茫纵然功力深厚，也绝非其敌，而今两大内力一接，天象只觉对方内劲源源涌来，如排山倒海，有如神助，力道犹在自己之上！

天象大师稍稍一挫，他为人好胜，刚愎固执，也没多思想，猱身复上，雪峰神尼却叫止：“大师。”天象颇听雪峰神尼的话，随声而止，这才稍为思索，蓦然一惊，失声道：“难道你——”竟说不出话来。

严苍茫与天象大师本就没有什么大不了的仇恨，严苍茫出手也图个机会试试功力罢了。他见天象不再上前，也不甚已，茫然而立，脸有郁愤之色。桑书云轻轻走近他身侧，凑近他耳边，轻轻地问了一句话。

严苍茫呆了一呆，然后悲伤地点了点头。他点头的时候，眼中悲伤之色，却是更浓了。

桑书云见他颔首，脸色倏然变白，哑声道："严兄……你……你这……这又何苦？……"

严苍茫一笑，笑意有说不出的干涩："我要替羽儿报仇。眼前报、还得快，方歌吟的下场，便是跟我一样，这下可两无亏欠。"

严苍茫所服下的，当然便是"百日十龙丸"，"十龙"系指服后可增长十倍之功力，而今严苍茫本身的盖世神功陡进何止十倍，内力可谓震古烁今，并世无匹，就算天象大师以加倍之力，也胜不过他，严苍茫现下功力与尽得"幽冥血奴"真传的大风道人相比，绝对可以平分秋色，跟方歌吟也难分轩轾。

严苍茫之所以要陡增内力，是因为爱子之殁，他自度凭一己功力，绝难向大风道长报这杀子之仇，他为人极为倔强，不喜求助于人，而且严浪羽之死，使他所有的企望与努力，形同尽毁，当时对生命也没有眷念；他原本生性孤僻，一旦失了依凭，更一发不可收拾，也无可挽回，将心一横，吃了"百日十龙丸"。"百日"的意思，便是活不过百日的生命；纵有十头毒龙的威力，又有何用？

在冲杀向"七寒谷"之际，严苍茫力战"金笛怪剑"燕行凶与罗海兽，却不料变起肘腋之间，背后忽来急风，严浪羽为人生性凉薄，对父亲却颇有孝念，在这千钧一发之际，舍身以救，严苍茫回过身来时，爱子已被来敌一掌震死，严苍茫初未知行凶者为谁，后见大风道长身份败露，始断定为大风所为，而大风武功可惊可骇，自己唯有服了“百日十龙丸”，始有望能报这不共戴天之仇。

严苍茫试了这一掌，情知自己内力已胜天象，但内心却十分凄苦，几乎潸然泪下。

就在这时，他们遇敌。

“忘忧林”的高手，突袭群豪。

“忘忧林”的人，多是迷失本性、神志不清的武林高手，如着魔障，神色木然，久战之下，群豪自是大捷，不过也付出了相当的代价。

讵料这追击之间，误入这林阵之中，大雾将众人分成十一二股，“忘忧林”的人伏下陷阱，又暗里杀出，损毁了一两股人马。其他的人，迷失的迷失、误伤的误伤、被杀的被杀、中毒的中毒，又毁了一二股人马。幸桑书云“长空帮”及宋雪宜的“恨天教”训练有素，调度得宜，其他人马，方能再度聚集，众人险死还生，心中震怖，再不敢单独行动，于是结成阵势，即使冲不出这怪异阵势，也不致被敌人冲乱阵脚，以致被逐个击破；众人在此如剑拔弩张的胶着空气中，早已等得心浮气躁，一触即发，只望对方先憋不住，好好地冲杀一番，总比在这里祸亡无日的好。

桑书云当然也发现爱女桑小娥和要将梅醒非等失踪了，但此际受困“忘忧林”，生死不知，桑小娥不在其间，反倒好事，并且有足智多谋的梅二堂主相佐，谅不致出祸事，但也不免忧心忡忡：“不行。长此下去不是办法，总得想个法子冲出去！”

自闯入“忘忧林”后，既遭阵势所迷，又遭掩杀，损兵折将，不由得桑书云不操心。雪峰神尼道：“这陈木诛精通阵法、邪术，武功虽不如曲凤不还，但害人的玩意，犹在‘七寒谷’之上。要冲出‘忘忧林’，恐非易事。”

宋雪宜点点头道：“陈木诛与曲凤不还，同为‘倚天叟’华危楼的弟子，华危楼就住在贵派不远处……”雪峰神尼“噫”了一声，道：“难道武林之大禁地之‘悬空寺’……”宋雪宜道：“便是因这魔叟在而成为禁地。”雪峰神尼脸上一阵热辣，心下暗叫惭愧，自己不准男子上山，几与“武林三大绝地”并称，那三大绝地中俱是穷凶极恶、奸诈谲狯之辈，自己恒山派是名门正教，几乎也冒上这种恶名，实为不值耳。于是，神尼心中有一股冲动：很想能做些什么事，使得恒山派能保万世之名。

便在这时，严苍茫喝道：“噤声！”随即天象、雪峰神尼、桑书云、宋雪宜等也听到了，有人悄悄欺近来的声息，尤其为首一人，几乎可谓无声无息，呼吸慢长调匀，是一流内家高手的功力。桑书云等早已将群豪集中一起，情知在自己人当中，决无内功如此修为者，所以天象、严苍茫、桑书云、雪峰神尼、宋雪宜等交换了一个眼色，暗蓄力于掌，准备一击歼灭这辣手人物。

石壁转角间跨过来的是谁呢？且不管是谁，山雾氤氲，他们决定只要一现敌踪，立即全力出手合击！

他们断未料到现身的是方歌吟。

——是本以为已经“英年早逝”了的方歌吟！

当他们憬悟时，五人十掌，尽皆发了出去！

一股铺天卷地、断树裂石的巨飙涌来，方歌吟从未遇到过这等至矣尽矣蔑以加矣的掌劲，他心下惊怖，双掌一挫，遽运“血河派”之“一气贯日月”，右掌以“从心所欲”，左手使“登峰造极”，急推而出，力抗这令人骇怖的巨力！

“砰”的一声，方歌吟连退八步，身后“砰”地撞中一棵桧树，桧树哗啦啦溃倒，方歌吟余势未竭，“砰”地又撞中一棵柏树，柏树又噼里啪啦地折倒，方歌吟再撞上一棵凤凰木，但已立得住桩子，血气翻腾了一阵，倒也没事，背后的凤凰木却又轰隆隆坍倒。

而严苍茫、天象大师、宋雪宜、桑书云、雪峰神尼却为巨力反弹，各震退了一小步，五人相顾骇然，要知道集五人之力，就算大风道人，也未必受得住这一击，更何况严苍茫的内力此刻更是通天彻地之厉，方歌吟居然禁受得住，怎教诸人不惊。

雪峰神尼第一个先道：“阿弥陀佛，方少掌门又得奇遇，神功斗发，实可喜可贺。”天象本来内力为冠，而今见先出了个任狂，再来了个大风道长，还加了个严苍茫，如今还有了方歌吟，都是在内功上尤胜自己的，真是万念俱灰，神色黯然。严苍茫见方歌吟未死，而且神功大进，心中不禁对自己已服下的“百日十龙丸”，又萌生了一线希望。

桑书云与宋雪宜二人，却是不胜之喜。只听一声：“爹爹！”桑小娥已投入桑书云怀里，父女二人战地重逢，自是欣慰无限。

方歌吟见宋雪宜，忙跪地稽首：“师母。”宋雪宜微笑道：“且起。”她见方歌吟别后数月间，功力进步岂止数倍，心中也无限喜欢。

桑书云见梅醒非在一旁，脸色紫金，伤痕累累，而“追风十二骑”一向绝不分离，却只剩七人，情知有事发生，一问之下，梅醒非将晋祠所遇，车占风夫妇如何死于非命，如何格杀蒙古铁花堡，方歌吟如何当上“大漠派”新掌门人之事，一一和盘托出，众人听得又惊又怒，血气奔腾，听得车占风遇害，天象大师一掌击在旁的一块巨岩上，“轰”地击得石片纷飞，留下了一个大手印，骂道：“这些人该打下阿鼻地狱……”

日后这石岩上留下的一个掌印，被人认为是仙人所留，又见此地白骨累累，便云是修罗场，传说纷纷，于是盖了一座庙，全年香火不息，拜的便是这一块“仙迹岩”，据说是八仙中的风流道士吕洞宾所留的痕迹，只是谁也想不到，原来是一个白胡子白眉毛的大和尚盛怒之时所留下的掌痕。

天龙大师心中激愤，骂道：“既是如此，先杀出此地，然后直捣黄龙，揪出‘西域魔驼’，将他……”他毕竟佛门中人，一时说不下去，雪峰神尼深敬车占风的为人，现见他们夫妇俩都遭毒手，她脸慈心狠，可不顾忌，接道：“……将他碎割凌迟！”

桑书云跟车占风乃是至交，车占风夫妇身亡，他最是伤心无言。车晶晶、车莹莹日内最是担心父母安危，现听双双毙亡，伤痛莫已，号啕大哭起来，桑书云、雪峰神尼、清一、桑小娥都走过去温言安慰，天象大师脸色铁青，恨声道：“不行，一定要想个办法，闯出去才成！”

梅醒非与辛深巷二人，在“长空帮”中是两大智囊，梅醒非观察情势，仰着脖子看高耸入云的高大乔木，道：“何不放一把火，烧它个干净，清理出场地来？”

辛深巷这一腿一臂已废，却仍为这林子的埋伏而殚精竭虑，说道：“万万不可。这一把火烧起来，万一风头火势不对，则连自己人一齐焚了进去，森林大火，可不易应付，我们人多，这个牺牲委实太大。这儿不同气候的树木杂生，只怕还有更厉害的埋伏。”

梅醒非又沉吟半晌，严苍茫自知时日无多，十分不耐，一掌击在一株槐木上，怒骂道：“脓包蛋，有种不要藏头缩尾，跟老子较量较量……”手起掌落，又击倒了一棵银杏，一时真气鼓荡，眉发乱张，却见一楚楚可怜，如翦水双瞳的眼睛，瞧着自己，原来是恒山派首徒清一，因见此人丧子后心神惨变，心里暗暗为这老人默祷。

严苍茫却心中一酸，怒气顿消，心念自己昔日爱妻的容貌，跟这小女尼也十分相像。他年老之后，将一股情愫，自丧妻之痛后即移注爱子身上，溺子过甚，多亦为深爱亡妻之故，而今心中暗下决心，说什么也要照顾这素不相识的小女尼安然离开“忘忧林”才好。

他这么想时，早已劈倒了两棵大树，辛深巷心念一动，道：“这阵势乃仗着树木迷眩，不如尽将之伐倒，应可以另辟天地。”

众人闻言，用武器的用武器，使掌力的使掌力，纷纷见树劈伐。天象大师双袖如船帆鼓风，砰砰蓬蓬，已拔倒了几棵大树，严苍茫更精力弥漫，双掌遥劈，众树纷纷折倒。就在这时，在一棵榆树喀勒勒断倒时，遽尔数十点暗器，在树梢如雨点般打落。

众人急忙跃开，并全力拨落暗器，有七人因走避不及，被这些淬毒暗器打死。众人愈加小心，但知命在危殆，也不顾一切，继续斩树开路。掀倒七八棵树后，在一棵冷杉崩倒时，箭弩弦响，原来树枝树丫处箭矢飞射，又有五六人被毒箭射倒。

这下众人心存惶怖，不敢贸然动手，天象天生神武，当先率七八名少林僧人，真以“我不入地狱，谁入地狱”的精神，领先伐树，至于严苍茫恃艺高胆大，方歌吟也勉力而为，又一棵铁杉轰然而倒，这下树上“嗡”地飞起千百只毒蜂，往众人又螫又叮，众人拍打不已，功力高深的，发出气墙，迫击群蜂，最惨的是少林僧人，光头秃顶，是蜂螫的最好目标，一时惨呼连连，呻吟大作，群豪好不容易才将毒蜂赶退，但不少人已遭了殃。

桑书云长叹一声道：“不成！如此伐下去，代价太大，而且……前面不知还有什么埋伏。”

天象大师听少林僧人呻吟饮泣，心里大急，跺足道：“这……这便如何是好！”

就在这时，白雾茫茫，严苍茫愕然翻身坐起，他自己鼻头也给螫了一针，满眼红丝，状甚可怖，大声呼道：“羽儿，羽儿……”

群豪心下几怖，只见林中白雾迷漫，却有人影一闪，身法怪异，白袍垂踝，哪里是什么严浪羽来着？却见严苍茫状若癫狂，凄呼而起，便要追去。

方歌吟一个箭步摽过去，按住严苍茫肩膀，道：“不可——”严苍茫大吼一声，反手一搭，顺势一掌推了出去，方歌吟也是猛翻手，“咯”地与对方对了一掌。两人都觉对方内力压击，手臂震麻，几乎脱臼，都松手退了一步。这时密林中却传来：“爹……爹……”

声音凄惨。严苍茫不顾一切，飞纵而去，此刻他功力极高，除方歌吟外，却是谁也拦他不住。方歌吟正想拦住，忽听有人畏怖叫道：“鬼……鬼……”颤手指着密林，只见林内云雾缥缈，哪有半个人影？

方歌吟眼前一花，仿佛也见到自己在嘉峪关口所杀的几个金衣人，惨厉而来，方歌吟忙运起神功，抱元守一，心忖：这些人定必平素做了亏心事极多，现被慑心慑魂的魔法诓而入彀，心中大急。忽又听人纷纷呼叫："血河车！血河车……"

方歌吟义赴"忘忧林"之行前，将"血河车"留在晋祠一带——因"血河车"过分招摇，诱惑太大，方歌吟不想驭车以行，以免太过招显，这时耳际却听马鸣不已，许多武林同道，却一心想获血河车之宝，所以乱作一团。桑书云等大声叱喝，却仍禁不住人心惶乱。此际在密林飞来五六道暗器，无声无息地击杀了三四名武林高手，方歌吟见状大急，严苍茫又已掠入密林之中，不见影踪，正想长声说话，镇压群情，却见密林之中，人影一闪，似是方常天七孔流血之尸身，飞闪而去。

耳边却传来若断若续的悲泣："吟儿……为父的……死得好……好惨……"方歌吟登时悲溢于胸，大声呼叫道："谁害死我爹爹……"如此心神一散，只觉浑浑噩噩，不由自主地便要往密林中追去。

就在这时，蓦闻八马齐啸：八匹黑色大马，一部血影幢腾的大车，迎面扑至。

方歌吟被这神般大马迎面一冲，猛一掠起，直落车中，却憬然惊觉：——父亲已过世，眼前只是幻觉！

——而且也是"忘忧林"击溃众人决胜之心的毒计。

当下方歌吟运足真气，大声道："诸位武林同道，这些都是'忘忧林'装神弄鬼的幻觉，心有挂碍，才生幻象，而今强敌当前，大家先去嗔贪，聚拢商议，才能应付强患！"

他真力充沛悠长，一番话没下来，宛若焦雷，震醒了不少人的迷梦。众人愧惶交集，心道好险，而方歌吟心里也捏了一把汗，要不是凭“血河车”精寒铁气以及冲霄血气将之冲醒，恐怕现刻就要中了“忘忧林”的暗算。

原来“血河车”是武林神物，奔腾驰驱于武林，怎能安分于晋祠一带，守候主人召唤？任狂殁后，血河宝马本视方歌吟为主人，故生感应，尾随而来，冲破障碍，又激醒了几耽于迷思中的方歌吟。

何况血河车这一出现，使得原本好整以暇的“忘忧林”，方寸大乱，“血河车”上的大宝，谁不觊觎？大风道人、燕行凶、西域魔驼三人，纷纷掩扑向血河车！

第伍回 忘忧林之斗

他脸色倏然大变，正想运功抵御，但那五道尖锐内劲，又袭入他的“孔最”“列缺”“经渠”“大渊”“鱼际”五穴，他狂吼一声：“指镖！”

西域魔驼才一现身，桑小娥尖叫一声："他就是全至朽……"桑书云一声不响，半空已截住全至朽。他跟车占风平素最是要好，车占风为这奸徒所害，桑书云最是悲愤，矢志非杀"西域魔驼"不可。

"三正四奇"中，桑书云、宋自雪、车占风都是相交莫逆。然宋自雪盛年早逝，车占风又为奸人害死，桑书云只形寂寞，更觉悲愤，戚友之死，自是非报此深仇不可。所以他一上来就认准了"西域魔驼"。

燕行凶一出，雪峰神尼旧恨新仇，也截住了他。大风道人却抢登上来，心忖：方歌吟这小子武功虽似不在"三正四奇"之下，却万万不是自己敌手，故一上来就下重手，以图将方歌吟硬生生击毙，取得血河车，冲回"忘忧林"，在陈木诛掩护之下，谅不至出差错。

他心念既定，右掌"化血奇功"，左手"先天无上罡气"，一似飞雾，一如激血，激涌而至。方歌吟一扬手，右臂运"从心所欲"，左拳使"登峰造极"，"砰砰"两声，两人功力相接，大风道人退了一步，又退了一步，张大了嘴，正要说话，又退了一大步，才能说了一声："你学了'血河派'的武功？"

声音如在半空劈了一道儿雷一般，震耳欲聋。原来他接了方歌吟的"一气贯日月"，潜入体内，真气鼓荡，说话时才涌进而出，说完了这一句话，声音已嘶哑。他的功力，跟方歌吟可谓不相伯仲，但因骤受"一气贯日月"压击，慌乱间不及真气护体，所以大大吃亏。

天象大师一见大风道人出现，盛怒若狂，大袍鼓若风帆，飞扑而来，忽然一阵奇异刺耳的唢呐之声，九条人影，飞截向天象大师来！

这九人正是“普陀二十神龙”所余之九，因神智迷失，反而不受血车所惑，苟全迄今，九人一齐出手，力道何止开山碎石？

好个天象，神功斗发，左龙右象，少林正宗“龙象般若神功”源源推出，竟以一人之力，挡住九人之攻击。“轰”的一声大震，天象跌跌撞撞、跄跄踉踉、蹭蹭蹬蹬地退了八九步，居然挺得了下来。

那九人也是一挫，随即又扬起双掌，再发出了一十八道劲力！

天象大喝一声，白须银眉，根根倒戟，“龙象般若神功”，白茫茫一片地撞出，又“蓬”的一声，天象如断线纸鸢，飞出丈远，神色惨淡，嘴角溢血。

那九人也被震得一晃，又举起了双掌，准备第三道攻击，天象咆哮一声，不退反进，再迎了上去。

这时少林天龙、铁肩，齐抢步上前，守在天象身侧，一个道：“掌门，咱们一起拼！”一个说：“妖孽休得张狂！”三人六掌，一齐推了出去！

其他几处也厮杀起来。“忘忧林”的人带武当派、“天罗坛”“七寒谷”“金衣会”的遗部，纷纷杀入林中，群豪正全力相抗，谁也无法分身给天象等施援手。天象等却知道自己等拦不住这九名失却本性的人，以这九人功力，则如出闸猛虎，足以令局势大不利于群豪。

那九人三度出掌。铁肩吃亏在双掌带伤，无法聚力，闷哼一声，当场被震死。天龙“哇”地呕了一口血，天象脸色赤金，眼球通红，却仍屹立不倒。“方丈，要死，我们死在一块儿！”二三十名少林高僧，一齐绕抢到天象身前，一齐发掌，隆然声中，又两三名僧人被掌力震殁。

蓦听一声清叱："稍让！"白衣一闪，一人身形若"忽焉纵体，以遨以嬉"，婀娜华容，云髻峨峨，抢在少林僧人身前，在九人未四度发掌之前，手中拿了一枚金筒子，用力向机栝一撞，"蓬"的一声，打了一道腥臭的黑水，九人神智呆滞，挥掌便挡，竟不知闪避。

只听林里一飘忽的声音疾喝："跃开！"

但语音出时已迟，一名黑衣人，让这"如今是云散雪消花残月阙落英流水"喷个正中，全身发黑，焦臭炎烟，惨号而倒；另外一黑衣人，掌力击在黑水上，黑水四溅，不少黑衣高手跳避不及，溅着几滴，都发出惊心动魄的惨嘶来。

原先那被黑水淋个正中的人，当场毙命，忽听"唰"的一声，辛深巷勉力支撑着一条腿，也抢到众人面前，手中也拿着条黑筒，用拇指一扳，"呼"的一声，喷出一条青焰来！

原来辛深巷在"七寒谷"之后，见"七寒谷"的"蚀心化骨焦尸烂骸丧门火"为"恨天教"的"如今是云散雪消花残月阙落英流水"所败，但依然可算得是厉害无比的暗器，便抢了一二筒，揣在怀里，而今一亮出来，当先一名黑衣人，立时遭殃，火光一起，剩下的七名黑衣人，似对火苗十分害怕，纷纷退去！

天象大师这时大吼了一声："咄！"

二三十名僧人，随着天象，一齐出掌，众人因铁肩义勇殉难而悲愤，出掌再不容情，黑衣人仓促身退中，无心御敌，一名黑衣高手走避不及，登时被这排山倒海的巨飙所劈毙。

只听林里的声音又道："分开攻击！蓝双星、许长公对付'恨天教'教主，支晓岚、疏七杀对付老和尚，哈四毛、恽大炎对付天龙和少林和尚。”

宋雪宜正待再发“如今是云散雪消花残月阙落英流水”，但已来不及，“普陀二十神龙”中“鬼手神臂”蓝双星、“巨炙”许长公已夹击抢攻上来，宋雪宜只好施奇门杂学，与之周旋。天象大师狂吼声中，双掌翻飞，已与“神拳破山”支晓岚、“武当一绝”疏七杀恶斗起来。旧日少林俗家弟子中的好手“多罗叶指”哈四毛力战当今少林寺佼佼者天龙大师的“疯魔杖法”，“括苍奇刃”恽大炎则杀入少林僧阵之中。

这一来，辛深巷想喷射“蚀心化骨焦尸烂骸丧门火”，也怕殃及池鱼，投鼠忌器了。

这时“普陀二十神龙”只剩下六人，分别被宋雪宜、天象、天龙、少林僧人等稳住，虽然众人斗得非常吃力，但已远不若适才凶险。

却说这厢大风跟方歌吟对了一掌，吃了闷亏；方歌吟十分鄙恶大风道长之为人，再不答话，一招“咫尺天涯”就发了出去。

“天羽奇剑”为“天羽门”师祖官天羽所创，原仅七剑，却在宋自雪手里完成，共得二十四剑：指天一剑、倒挂金帘、梅花五弄、漫天风雪、仰天长啸、怒剑狂花、怒屈金虹、石破天惊、开天辟地、旭日初升、弯弓射日、长虹贯日、天河倒泻、咫尺天涯、开道斩蛇、顶天立地、三潭印月、怒曲神剑、惊天动地、阴分阳晓、九弧震日、石破天惊、血踪万里、长天一剑。

这二十四剑，方歌吟较常用的是“怒曲神剑”与“怒屈金虹”，时有妙招的则是“三潭印月”“阴分阳晓”，或以怪招“九弧震日”“旭日初升”，或绝招“天河倒泻”“倒挂金帘”以及气魄凌人的绝招“石破天惊”“开天辟地”等招法取胜，遇难以克制之强敌，则以杀势最烈的“血踪万里”杀出重围，却一直鲜用“咫尺天涯”一式。

方歌吟初时还以为“咫尺天涯”这一招平淡无奇，但而今功力大进，使用这招，方知妙意无穷，而且后着纷呈，这一招可以生大威力，甚至不逊于“天下四大绝招”之下。

方歌吟这招“咫尺天涯”一递了出去，连大风道人脸上，也闪过了一丝钦羡的神色。

大风道人毕竟也是武当派高手，武当剑法，宇内闻名，而今见得这一剑使得如此灵动，简直没有瑕疵，当然也不禁为之心折。

大风道人长剑一挑，“叮”的一声，武当剑法中之“阴柔绵剑”，剑尖向方歌吟剑身轻轻一触，方歌吟只觉剑身有一道如同电殛般的力道，直冲手腕“大渊穴”上来，不觉激灵灵地打了一个冷战，猛抬头，大风的剑尖已抢入刺向自己胁下的“渊液穴”。

就在这时，方歌吟猛吸一口气，“咫尺天涯”的后招蓦然发出一股潜力，大风只觉自己的剑锋眼看要刺中方歌吟之际，忽然有一股力道，将自己的锐力四分五裂，他急忙变招，在一霎间已变了七招，可是对方的“咫尺天涯”，也跟着起了七个细微的变化，这七个细微的变化，恰好封死了自己所有的变招。

然而方歌吟的“咫尺天涯”，仍然一寸一寸地刺来。这一招妙用，是先前的剑式，乍看并不如何，后来的一招却有“点睛”作用，杀手锏一出，敌人就根本无从封架，直如羚羊挂角，无迹可寻。

大风道人大吃一惊，运起“化血奇功”，冲激而出，只见一道淡淡的血气，剑如饮血，反黏住方歌吟的金虹剑。就在这时，方歌吟也运起“一气贯日月”，金虹大盛，直冲华盖。大风道人汗涔涔下，又十三个变化，方歌吟“咫尺天涯”，因招生招，依然克制住十三个变异，剑缓缓刺向大风腹下的“商曲穴”去。

高手相斗，决在一招。但这一招变化莫测，九生九死，真是险中之险，前所未有。大风脸上忽然紫气大盛，眉心赤红一点，方歌吟猛觉运于剑中的力道，竟如遇磁石，竟给狂吸消散，极为迅急。

他心下一凛，想起任狂说过，大风道人所得乃归无隐独创邪术，中有“血影神掌”的“吸髓大法”，尤为霸道，他心念一转，内力又为之吸去不少；他暗运“从心所欲”，将手中内劲，经五指“少冲”“关冲”“商阳”“中冲”“少泽”五路发了出去。

大风脸上渐有狂妄得意之色，他的“吸髓大法”，虽不如昔年先辈段誉的“逍遥派”之“北冥神功”，能将别人功力吸为己用，也不似前人任我行之“吸星大法”霸道，但比之“星宿老怪”丁春秋之“化功大法”，却相得益彰。“吸髓大法”是以自身小部分内劲，取巧化去对方内力，再以自身大部分之内力吸取对方余力作为己用。大风心中窃喜，心想这小子一旦给我吸尽了内力，我功力可大生色，敌人则是杀是剐，油煎火焚，任听我使……他正得意洋洋间，忽觉五道尖锐的内力，一齐切入他的“云间”“中府”“天府”“侠白”“尺泽”五穴去。

他脸色倏然大变，正想运功抵御，但那五道尖锐内劲，又袭入他的“孔最”“列缺”“经渠”“大渊”“鱼际”五穴，他狂吼一声：“指镖！”

狂吼未完，方歌吟又执剑刺来，还是那一招的余势：“咫尺天涯”。

此时这一招虽仍是“咫尺天涯”，但已历几回辛酸、几番生死了。

大风道人之与方歌吟，一得自“血雾纷飞”曹大悲的秘笈，一学自“武林狐子”任狂的真传；论原先实力，方歌吟乃得自宋自雪相传，又有宋雪宜的“武学秘辛”及桑书云“长空神指”相授，加上“百日十龙丸”之助，武功直追“三正四奇”。大风道人以武当武学实力以及“先天无上罡气”，与方歌吟可谓旗鼓相当。他得血河派武功后，即不再习武当派武功，所学之杂，远不如方歌吟，但对血河、武当二派之精，则胜方歌吟。唯方歌吟的血河派武功，乃得自任狂，任狂武功，还在“幽冥血奴”萧萧天之上，萧萧天则仍胜曹大悲一筹，如此相比起来，大风的武功，确也逊于方歌吟一筹。

高手相决，这一筹半筹的火候功力，至为重要。

大风道人早生轻敌之心，所以一上来就想以一招震死方歌吟，断未料到方歌吟此刻功力已稍强于自己，反受轻敌所害，着了方歌吟以“从心所欲”功力凝聚所暗发出来的“指镖”。

大风一着“指镖”，知已受内伤，“指镖”气流连续侵穴，内创乃剧，大风大喝一声，手中紫剑，竟自震裂，片片粉碎，喷射向方歌吟。

这下他是用纯武当内家罡气震碎手中长剑，剑片溅射方歌吟，可谓“应变奇急”四个字，方歌吟也是十分机警，他眼见剑片一蓬罩来，已不及避，大喝一声，一股真气，自肺腑冲出，由口冲射，竟将剑片，全震出七尺之外！

而七尺开外，正是蓝双星与许长公两人缠战宋雪宜，已占尽上风，方歌吟将剑片震射，正好全嵌入“鬼手神臂”蓝双星脸门，蓝双星惨吼一声，宋雪宜一招“闪电惊虹”，迅疾无伦地刺中他心窝，自他背后“突”地刺了出来，但未来得及拔剑，“巨灵”许长公的拳头已劈背攻到，宋雪宜只得先以一双空手迎敌。

其实宋雪宜武功尚逊“三正四奇”半筹，力战“鬼手神臂”和“巨灵”二人，已颇感吃力，若不是方歌吟及时替她解决一人，五十招内就要见血。

方歌吟以“一气贯日月”喷开剑片，但就在这剑芒一掩之间，再加上他分神于宋雪宜战团的一霎之际，大风道长已一口咬向他左颊的“承泣穴”来。

方歌吟及时把头一偏，大风道人又尖又利的犬齿，已在他肩胛上咬了两个血洞，方歌吟一招“火焰刀”就斩了出去，大风道人也真有过人之能，全身飞起，双胁间犹如生了一层薄薄的血翼，飞投入林去。

方歌吟只觉肩膊上一阵麻痒，也不知是否有毒，连忙以“一气贯日月”，将麻痒自伤口处逼住，叱喝一声，驱车直向林内追去！

他十分鄙薄大风道人之为人，正想乘胜追击，一举把他杀死，方才对得起这数役来壮烈牺牲群豪的英灵。

且说严苍茫仿佛见到爱子严浪羽的影子，心急之下，内力未及护住经脉，他功力本已极高，陡增十倍，一时未免难以受用，甚易走火入魔，而胸中所思尽是爱子亡妻的音容，心里自知死期将届，耳际尽是仿似幽冥里的鬼嚎般的唢呐之声，他神志昏乱，已为陈木诛所慑制。

严苍茫在白茫茫的雾中抢追了几匝，只见前面一条人影，倏隐倏现，严苍茫凄呼道："羽儿……羽儿！你不要跑……为父平日迫你勤练，不许你好色贪花，是怕你坏了身子，对不起你娘……不是故意吼着你……"

只听那白影子幽幽道："你如此待我，又哪对得起娘……"

严苍茫分开双臂，茫然了一阵，终于掩脸痛哭起来，悲声道："是，是，是，是我对不起她……我对不起你娘……从前她嫁给我时，要我护着她，不可以为争天下第一人而废寝忘食，不择手段，我……我都答应了…但是……后来……我都犯上了……只顾习武、争名、斗胜、夺利……没多照顾你娘……小倾，小倾她才郁郁病死的……我……我对不起她……我对不起你娘……我对不起谢小倾！……"

只听那白影子又变了一种声调，变得十分娇柔曼媚，道："你……你既对不起我在先……而今，而今又害死了羽儿……你怎样留得我住？"

严苍茫蓦然一震，叫道："小倾，是你……是你……怎会是你？不是的，不，不是的！"

只听一阵哀怨的唢呐声，直如世事一场大梦，幽幽传来。严苍茫将脸埋在宽厚的大掌里哀泣，断断续续地道："真的是你……小倾，你回来了，你回来了！你回来……就不要再走了……"

那白袍人道："我回来了，我不走了。"

严苍茫眼中亮起狂喜的光芒，欣叫道："小倾……你不走了，你答应不走了，那真好，那真好……"眼眶中的泪水簌簌落到脸颊上来。

白袍人幽幽地道："我不走可以，但你对不起我，对不起羽儿，我，我要走了……"

又一阵凄清的唢呐声。严苍茫惨笑道："小倾，你不要走……我是对不起你，对不起孩子……我一生人空图大志，忘了有你，我才是世间上最幸福的人……忘了教养孩子，忘了……"

白袍人飘飘而去，严苍茫冲前两步，悲嘶道："小倾，你不要走，你不要走，我念了你二十年，你不要一出现就走……"

白袍人飘飘忽忽的声音传来："你真的想我不走？"

严苍茫脑中尽是想着二十年前，自己雄姿英发，与谢小倾绮旎情调，骀荡风光，这脑海中多年来的深念，一一呼之欲出，仿佛那声音一去，什么都不复存了，这刹那间，他只觉什么功名、富贵、武艺、事业，都可以统统不要，只要那仿佛谢小倾的声音能永留不去。

白袍人轻轻地道："我不去可以，但你要答应我一件事……"

严苍茫急得牙齿咬着了舌头，慌忙道："你说，你说，莫说一件，纵是一千件、一万件，我也答应你……"

白袍人哀哀切切地道："你先替我杀了方歌吟，驾了血河车来见我……"

严苍茫双目茫然，喃喃道："好，好……"只觉在这天地间，只要有任何事物能换掉昔年他对谢小倾的疏失，能换回此刻他与谢小倾的相眷，叫他做什么都愿意。

若论人数，群豪是"忘忧林"及武当派、"天罗坛"、"金衣会"等数倍之众，但却失天时地利，只要稍有疏虞，即遭暗算，而且群雄一开始便受困，落于陷阱，未能真的发挥每人所能，全力御敌，加上心神为贪欲所迷，处处受制，要不是训练有素的"长空帮""恨天教"中流砥柱，很可能就一败涂地，而今却撑成和局，各有死伤。

这边厢“金笛蛇剑”燕行凶想抢上“血河车”，却遇着那脸慈心冷的女尼拦路，心中痛骂：倒霉！又是碰着尼姑！他跟雪峰神尼于“七寒谷”一战，虽趁雪峰神尼分心之际，放毒蝎螯伤了对方，但自己也被她“星摇斗晃”击伤，心有余悸，打从心底里怕了这女尼。

雪峰神尼因遭过燕行凶的暗算，所以恨绝了他，一上来就使出“雪花神剑七七四十九式”，一剑还接一剑，燕行凶左手笛右手剑，已是招架多反击少。

七七四十九剑用完，剑势一竭，燕行凶抖擞精神，正待反击，岂料雪峰神尼剑花如雨，“素女剑法八八六十四式”又铺展开来，这下燕行凶连招架都来不及，但是他的身形，却忽然变了。

只见他取势变得如灵蛇一般，游走不已，身形看来虽怪，但雪峰神尼的剑，始终触不着他的身体。雪峰神尼剑法一紧，一招“素心如洗”，忽然劈空！

剑招劈空，本来是过招交手之大忌，但唯独雪峰神尼劈空的这一剑，才是绝招。所谓制敌机先，雪峰神尼这一剑，正是先截住燕行凶下一步要走的去路。

燕行凶大叫一声，收势不及，右腿登时血如泉涌，雪峰神尼紧接着一招“素昧平生”，拦扫过去，燕行凶眼看避不过去，但他的身形，蓦然向天冲起！

这冲天而起，一波三折，端是美观，且灵动异常，他姓氏是“燕”字，当真有“燕子三抄水”之风，雪峰神尼也不禁喝了一声：“好俊的轻功！”

连连追击，尽皆落空，雪峰神尼脸上煞气一闪，终于使出了她的看家本领：“天河九九八十一式”！

这头儿桑书云力战“西域魔驼”，也打得好不灿烂！全至朽开始十分自高轻慢，心想自己多年苦练的“清啸指法”，正好与桑书云的“长空神指”一较高下，就算“清啸指法”未能稳操胜券，自己也可以“冲星掌法”，除此强梁。

所以他怒啸一声，打出一指。

桑云书安翔骀荡，正弹一指。

两人俱是一震，西域魔驼恚怒，又打出两指。

桑书云脸含微笑，也射出两指。

这一来，全至朽披头散发，又似飞禽虫豸，激跳不已，厉啸一声，发了一指，怒啸连声，便发数十指。

桑书云脸上笑意愈浓，脸色愈白，他的指“嗞嗞”破空而出，每次都及时划破了对方“嗤”的指风。

“西域魔驼”啸声越来越响，桑书云却越安详；打到后来，“西域魔驼”围绕着桑书云身前，画了一个无形的大圈，不住奔绕发指，桑书云却敛神以待，并不回身，指风不管在前在后，总应手而出，戳破对方袭来的凌厉指风。

“西域魔驼”越奔越快，只见一个猥琐龙钟的急影，不住围着桑书云跑；声势越来越厉，沙尘弥漫——唯只有“西域魔驼”心下惊怖：自己是骑虎难下，桑书云以静制动，自己一旦稍歇，必被对方指劲反挫而难逃一死。

这下“西域魔驼”，可谓苦不堪言，跑到后来，已是一瘸一拐，真力不继，啸声也渐沙哑，更怕的是给桑书云看出来，乘机反击，那就祸胎难遁，劫数难逃了！

桑书云是什么人，这种局面，他岂会看不出来？

桑书云清啸一声，立时反击。

只听“嗞嗞”之声，内家罡气，外家指劲，划破空气，“西域魔驼”为之变色，只好孤注一掷，将数十年性命交关的“冲星掌法”，倏急拍出，掌影如山，以解当前之难！

第陆回 忘忧林之役

原来“血河车”内的精铁寒气，使得方歌吟即将迷眩的本性，悚然一醒，他此刻内力浑厚，收敛心神，抱元守一，定睛一看，哪有什么父亲的踪影？

方歌吟驾“血河车”追击大风道人，赶入“忘忧林”，只见白雾迷漫，大风仗血翼，掠入林中。

方歌吟心头大急，仗“血河车”所发出的隐隐血气，使迷雾辟易，现出一大片视野来，方歌吟正待策马追赶，忽听一阵唢呐之声，凄悲恸人，他听了一震，只见眼前闪过一白袍人，满身血污，竟似是他的父亲方常天。

方歌吟失神叫道：“爹……”

只听那白袍人哀声道：“吟儿，为父死得好苦……”

方歌吟悲不自禁，呼道：“爹……是谁害你的，告诉孩儿，孩儿给您报仇……”

如此呼唤了几声，白袍人并不答话，方歌吟悲鸣道：“是不是‘忘忧四煞’？是不是费四杀……？”

那白袍人似略略一震，哀惊道：“是呀……”只见林外斜里闪过两人，赫然就是费四杀和那黑衣青年！方歌吟大吼一声：“哪里走！”

就在这时，只觉“血河车”内一股透骨的寒气袭来，激灵灵地打了个寒噤，猛地一醒！

原来“血河车”内的精铁寒气，使得方歌吟即将迷眩的本性，悚然一醒，他此刻内力浑厚，收敛心神，抱元守一，定睛一看，哪有什么父亲的踪影？却见一白袍怪人，和林端的一个神色木然的人：竟是“劫余老怪”严苍茫！

——难道严岛主也似自己一样，心神为那“忘忧林”的怪物所慑制吗？

——却是如何解救，怎生是好？

只听那白袍人依然饮泣道：“吟儿……我……我死得好苦

啊……”

方歌吟本可伺机骤尔将之扑杀，但如此让他死得不明不白，非好汉所为，而且也欲探听“忘忧四煞”中费四杀下落，故发出一声平地旱雷般的大喝：

“别在那儿装神弄鬼了！”

那白袍人如同电殛，吃了老大一惊，嗫嚅道：“你……你……”他的“慑魂迷心功”，所向无敌，没料今日在一个后生小子面前摔了个大筋斗，很是恼恨。

方歌吟厉问：“费四杀是不是在‘忘忧林’中？”

白袍人冷笑一声，道：“‘忘忧林’高手如云，你先挑上他作甚？”

方歌吟怫然道：“他是我杀父仇人……”

白袍人鉴貌辨色，已知方歌吟并未受“慑魂迷心功”所制，他此际已恢复镇定，慢条斯理地道：“哦，我看冤家宜解不宜结，不如……”

只听他悠悠又道：“你也加入了我‘忘忧林’，日后我夺得天下，有你的好处！”

方歌吟道：“你胡说什么！”

白袍人淡淡一笑道：“我是‘忘忧林’林主陈木诛。现在是‘林’主，日后便是‘武林’的‘林’主。好，你不信是么……我说与你听：天下英雄好汉，武功再高，智魄再强，也徒劳无功，因为功劳都属于我陈某人的，我陈某人只需用‘慑魂迷心功’一施，该人就要成为我的奴役，我要他去东，他就不敢往西，我要他上山，他就不敢下海……你说，天下群豪，是不是尽在吾彀中也……”

方歌吟听得不耐，骂道："痴人妄语！"

陈木诛怪笑道："痴？妄？究竟是谁痴？谁妄？人皆为我所用，谁为我痴？我为谁狂？哈哈哈……众人皆醉我独醒，那时我就是千古未有之唯一人，前，无古人，后，无来者，我是天地间唯一的良知……你倒猜猜，千百年来，我要做谁？"

方歌吟只觉此人言论偏激，气焰嚣张，不可理喻，不耐烦地答："啰嗦！"

陈木诛自倾如故："古今数十年，纵横数万里，我陈木诛敢言人所不敢言，为人所不敢为，为天下第一人，标新立异，博学懋绩，当今天下，除了'陈木诛'外，我又看得上谁？难道是愚忠的诸葛亮？愚义的关云长？愚仁的颜回？愚孝的曾参？哈哈哈哈……我来生投胎，除'陈木诛'外，不作他人想。今时世人不解我，但他日过得千百年后，世人必以我'陈木诛'之发见为荣，此刻他们不解于我，讥讽于我，真是蠢笨无比！我要把天下平定，四十岁后，只做些天下震烁、名垂古今的大事，我……"说到这里，因太过激动，几为口水所噎。

方歌吟见这人巧舌如簧，大肆吹嘘，如癫人疯语，也不想与之啰嗦，只觉这人呆头呆脑，妄心妄想，且不去理他，谁知陈木诛又道：

"你心里说我痴人梦话，不屑和我计较是不是？你想装蒜了解我心里的苦痛是不是？其实非也！我是天下第一等大智慧的人，何需你之同情！我心头何等快乐！因这天下人无不在唾骂我，唾弃之因，来自于妒忌，他们不如我，故此想向我寻衅，且用卑鄙手段，毁我清誉！我唯洁身自爱，举世非之仍一往无前，你可见过天下有我这等大勇之人否……当今天下，最有学问、最见实力者，是恩师‘倚天叟’华危楼先生，华先生亦认为我是他衣钵弟子，你们这些俗人，认不认，那又有什么干系？今日骂我爱我者都有，唯有不识我陈木诛者，实几稀矣……”

方歌吟实在无法忍受这等死爱面子之言，只听陈木诛依然喋喋不休下去：“我陈木诛乃早生几百年的天才人物，他日声名鹊起，无不钦仰，人人以我‘陈木诛’三字为荣……”方歌吟大喝一声，陈木诛大震了一下，喃喃自语道：“打雷了？”

方歌吟道：“别吊唁念咒般说个没完，没的辱没了自己身份！”

陈木诛笑道：“身份？”他眼睛又亮了，发出火花般狂热的光芒来，“身份！我此刻的身份，最受一般年轻一代的支持……不拥护我的，都目光如豆，生之于嫉恨，不惜借用各种鬼蜮伎俩，来攻讦我，但大树盘根，我才不怕……”

方歌吟瞧了瞧在一旁呆如木鸡的严苍茫，叹了口气道：“你不利用别人情感，做那‘慑魂迷心’的恶业，就不会有人来跟你过不去……”

陈木诛“哈”的一声怪笑起来：“这可是泼天的冤屈，我替人移情忘苦，别人不感激我乃智者所为，反来怨我？唉唉，世间上一个‘情’字，害了多少人，你没听过‘许多烦恼，只为当时，一饷留情’么？故有烦恼的，我却给他去忧忘愁，代价是为我所用，这不是货钱两讫，各无亏欠么……这怎怪得我……”

方歌吟见此人思想之怪，真个千古前所未有之奇，如果骂之，反而会被他以为是妒忌他，端的是空言善罢，心里暗叹一口气，道：“陈当家的，如果你再搅舌拌齿地说个没完，在下只有得罪了。”

“得罪了？”陈木诛哈哈大笑道，“我乃天下一等圣人，你们的不虞之誉、求全之毁，岂伤得了我真金不怕炉火之身……”

方歌吟再不答话，大喝一声，长身而起，一掌击去。

他这一掌乃运“一气贯日月”之“登峰造极”神功，糅合于“韦陀杵”击出。

陈木诛双掌一扬，“闭门造车奇功”中的“如封似闭”，封过一掌，只震得双臂隐隐发麻。

方歌吟又发出一掌，这是将“青城九打”绝招融合于“从心所欲”神功之中，一掌打下，陈木诛又以“闭门造车功”的“如漆如胶”接过，这次震得连双腿都发酸，知道方歌吟功力实在霸道，当下不敢硬接，移身就走！

曲凤不还与陈木诛二人，各得“倚天叟”华危楼的所授，一占“七寒谷”，一据“忘忧林”，曲凤不还擅“舍身投敌法”，陈木诛则练“闭门造车功”，两人皆谙“慑魂迷心功”，只是陈木诛身为师兄，对这门奇术，更有专长而已。若论妄自尊大，曲凤不还与之相比，则相形见绌了。

“倚天叟”华危楼之师兄，就是昔年中原一奇侠萧秋水，列为生平奇险的三战之一的“天雷老人”之役，他以“惊天一剑”，破去“天雷老人”的“天雷一式”。至于“天雷老人”范式，就是“倚天叟”华危楼的掌门师兄。

“倚天叟”华危楼昔日与“血河派”的总管“幽冥血奴”萧萧天，乃至交好友，后因倾心于萧秋水义妹伊小深，以致反目成仇，造成了终生的遗憾。

且说陈木诛以“闭门造车功”，连接方歌吟二击，情知抵挡不住，而且“闭门造车功”所夹带“慑魂迷心功”的魔力，也侵占不入方歌吟的经脉内息之中。方歌吟的内力固然雄厚，更重要的是方歌吟一上来就几上了陈木诛之大当，所以十分警惕，所施的尽是“少林派”正教禅宗佛家武功，“慑魂迷心功”根本沾不上边。

方歌吟第三击将随“佛心功”一拜而下。

陈木诛飞退。

便在此时，一条灰影疾扑而下，“轰”地与方歌吟对了一掌。

这一掌相对，两人都晃了一晃，只听陈木诛在一旁叫道：“杀了他……快杀死他……”方歌吟这时也已看清来人是严苍茫。只见他跟少林“佛心功”对了一掌后，双眸略为清澈了一下，又迷迷浑浑起来。

方歌吟大呼道：“严岛主，严岛主，你醒醒……”只见严苍茫脸肌稍为抽搐一下，又回复了木然，喃喃地道：“我不要醒！我为何要醒，醒了就见不到你了……我不要醒！”那陈木诛又捏着声幽幽道：“苍茫，快给我杀了这小子……”

严苍茫大步行近，一掌劈来，方歌吟大喝一声，应了一掌，只震得双臂发麻。严苍茫内息剧增十倍，就算是方歌吟的浑厚内力，也非其敌，但若论武技庞杂精微，严苍茫可瞠乎其后了。方歌吟当下以奇门杂学，与迷失了本性的严苍茫周旋起来。

“天河剑法”一出，燕行凶的身法，便完全被截了下来。如果他是一只燕子的话，他的羽翼即如遭天河淋湿，欲振无力。

他的左腰又多了一道口子，鲜血迸涌。

雪峰神尼脸上煞气越来越强盛，燕行凶狼窜鼠突，都突不过雪峰神尼的剑网一十三重。便在此际，燕行凶的笛子，忽然“啸”

的一声，喷出了十七八支附骨钉！

雪峰神尼以前着了燕行凶的道儿，早有提防，一招“披襟当风”，划了出去！

这一招“披襟当风”，宛若将军俯瞰，十万军马，临风遥眺，极有大将气魄，雪峰神尼虽是女子，这一招使来，却如当临百战沙场，校阅兵马，一剑扫去，不但横风将暗器尽皆扫落，而且一剑拍在金笛上。

金笛被雪峰神尼长剑一拍，竟然拍碎！但在这刹那之间，燕行凶的右剑，猝然变作千点万点的剑片，而每片剑刃之上，又连着一条细线，使得他的利剑，变成了一条活动的灵蛇一般，而且化成无数尖齿，向雪峰神尼“噬”来。

雪峰神尼也不料此着，连使一招“云绕巫山”，将全身裹成一片剑光，只求自保，不求伤敌，却在此霎，燕行凶陡然收剑，横空扑去。

原来桑小娥正在不远处。燕行凶一扑到，手中的千蛇般的怪剑，“忽”地又变作一把剑，燕行凶自后将剑扑架在桑小娥玉颈上。

雪峰神尼长身欲上，燕行凶冷喝道：“且慢！”

雪峰神尼戛然而止，长叹一声，燕行凶狞笑道：“你也知道我要做什么的了？”雪峰神尼叹息着点点头，剑尖已垂地。

燕行凶森然道：“你想杀我，没那么容易……”话未说完，惨呼一声，变色道：“你……你……”

只见桑小娥趁机反撞攒起，挣脱了燕行凶的威胁，燕行凶心口间有一股血泉，正溅出鲜血来。桑小娥脸色白了一片，但却十分英俏，只见她将袖口一松，一物“当”然落下。原来是一方匣子，匣首上有一截刀尖，原安装于桑小娥肘背，在燕行凶贴身胁持时，刀尖划破衣襟，刺入了燕行凶的胸膛。

桑小娥一脸娇煞之气，道："你们就知道威吓弱者，你以为我桑小娥好欺负么……告诉你，是梅二哥在晋祠见了'西域魔驼'以钩罩护背后，灵机一动，给我肘后装此'弹簧匣刀'，专门对付你们这般欺善怕恶之徒的……"

"大肚侠"梅醒非，除有"雪上无痕草上飞"一般的轻功外，智力也跟辛深巷相得益彰，更妙的是一双巧手，装置这小小的机栝，对他而言，是轻而易举的事，却使得这"金衣会"会主、叱咤塞外的"金笛蛇剑"、阴鸷凶悍的燕行凶，出乎意料地死于桑小娥的匣刀之下。

桑小娥故意卖个空门，让燕行凶所掳劫，实因"七寒谷"之役目睹中，燕行凶趁人之危攻袭清一，必重施故伎，结果反被桑小娥借此将这武功高于她自己十倍的人除去。燕行凶做梦也没料到，自己雄霸一世，却死于一女娃娃手中。

雪峰神尼笑道："要得……"话未说完，蓦听天象大师龙啸震天，急挺剑赶去。

武林群豪与"忘忧林"之斗，已经是陷入苦搏之中。若"忘忧林"能镇静从事，逐步瓦解群众斗志，使其丧失神志与斗志，则可能早已得手，但却因"血河车"出现，陈木诛、大风道人、燕行凶、西域魔驼四人均想巧取豪夺这旷世难逢的宝物，结果自现形迹，"忘忧林"的提早发动，反使诸侠提早防患，斗得个旗鼓相当，难分难舍。

宋雪宜因有方歌吟相助，剪除了使蛇矛的蓝双星，剩下的许长公，虽以空拳相对，但仍可稳操胜券。"武当一绝"疏七杀和

“神拳破山”支晓岚两人合击天象，天象的真气，似永远使用不完般，白茫茫的罡气源源推出，两人一时没法制住这神充气足的大和尚。便在此时，忽听一声虎吼，一声惨号。

惨号的人是“多罗叶指”哈四毛，他被天龙大师的“天龙神刺”破膛而入；虎吼的人是天龙大师，他被“多罗叶指”戳中“中府穴”，鲜血激喷。

两人武功，本都源出于少林。天龙大师原本实力雄厚，惜受伤颇重。哈四毛精通指法，却神志迷糊，两大少林高手，却此糊里糊涂的，都丧失了性命，溘然倒毙。

天龙这一死，几令天象目眦欲裂，这一分神间，“武当一绝”疏七杀的“八卦游身掌”，啪地击中了天象的背心，天象往前一冲，怒啸一声，一连打出十八掌，白茫茫劲气飞卷而出，将支晓岚远远击退，疏七杀打中对方一掌，手腕却震得隐隐发麻。

这时雪峰神尼已赶了过去，一剑稳住“神拳破山”。天象瞪目拧身，专对“武当一绝”。可惜疏七杀已心智浑噩，否则真个要吓得魂飞九霄了。

“括苍奇刃”恽大炎，以三尖两刃剑，力敌少林群僧。这人曾在阴山之役，刺中“武林狐子”任狂，在五十年前普陀山之役，也曾斩伤“血手屠龙”欧阳独，武功自有过人之能，众僧虽然勇悍，一时还制他不住。

这边恽大炎在力敌少林僧人，铁狼、银狐却跟扁铁铮、伯二将军伯金童、召小秀召定侯，打得天昏地暗；“忘忧四煞”中擅使“七十二路看到就抓”擒拿手及“三十六路大小开碑”少阳手的严一重，也正与“寒鸦点点”成问山与“袖里乾坤”徐三婶，打得难分难解；焦晴玉与成福根，也合战“毒手公子勾魂手”费四杀，亦打得日月无光。

如果方歌吟见到，定必抢身报这杀父不共戴天之仇，可惜他仍在“忘忧林”中，与迷失本性的“劫余老怪”，打得险象环生。

这时方歌吟和严苍茫第三度地正式交手。

严苍茫“轰”地发出一掌，方歌吟催动掌力，展动身法，避过一击。对方又“轰”地劈了一掌，方歌吟情知掌力方面，自己断不是严苍茫之敌，他只好时使“长空神指”，时施“大漠仙掌”，或用“四大绝招”，暂时封架住严苍茫的攻势，另一方面又因不想伤害严苍茫，所以打个势均力敌。

打了一阵，严苍茫追上血河车，便遂在车中腾挪搏击，但两人俱是一流武林高手、武学宗师，场地的窄宽，已毫不能影响他们的武功。两人在车中力战，从隆然巨响，打到悄然无声，打了百多回合，方歌吟蓦然醒觉，原来车上隐隐都封了一层阴寒的冰屑。

原来严苍茫的武功，内力都带阴寒，而且功力遽增，使出来的武功，更寒毒非常，久战之下，将车内都封了一层薄冰。幸而那八匹烈马，都骠壮异常，还支撑得住，但亦哀鸣不已。

又战了一会，方歌吟只觉自己身上忽然“喀喇”一声，有什么东西落地似的，他不及细看，严苍茫又一掌扫来，他以“海天一线”一守，讵料手臂稍动，又“啪啦”一声，这才发现手臂上封了一层薄冰。

原来不仅手臂，而是全身上下，却被严苍茫阴寒掌力所摧，罩上了一层薄薄的冰网，每一稍动，即震破冰层，故发出“喀喇”的声音。

他如此一分神间，严苍茫的拐杖，直击而下，方歌吟走避无及，只好一招“咫尺天涯”，回了过去。

严苍茫却陡一反手，招式不变，但方向已变，拐杖改向他“大椎穴”处撞来，方歌吟危急中也一反手，剑身依然截住严苍茫的拐杖。

严苍茫一呆，他神志迷乱，也没什么特殊反应，猛抢前一步，一掌拍来，方歌吟知无善了，五指一弹，在掌风之前，先射中严苍茫的右胸。

五缕指风“瑟瑟”连声，已打中严苍茫，却见严苍茫右身一歪，方歌吟立即有些后悔自己出手太重，不料严苍茫的手掌，陡地攻了过来，比先前还快了三倍！

方歌吟立时明白过来，严苍茫乃是施展“腐尸功”，硬受他的“长空神指”，他领悟已迟，严苍茫的一掌，已击在他身上。

“砰”的一声，陈木诛在旁“哇哈”一声笑道：“倒也，倒也……”

猛见方歌吟滴溜溜地已闪至严苍茫背后，原来他使的也正是“东海劫余门”严苍茫所亲创的“移影遁道”功，这是一种至奇的掩眼法，看似被击中，其实早已闪至一旁，伺机待袭。

方歌吟双指疾点严苍茫的“丝空竹穴”和“委中穴”，以图先点倒严苍茫，好救回去让他清醒，自从严浪羽死后，他对这孤独老人已恩仇了了，只有同情。高手过招一发千钧，“移影遁道”奇功虽为严苍茫所创，但他神志不清，醒悟稍缓，方歌吟已眼看可以将他点倒。

就在这刹那之间，方歌吟忽觉背后腥风急扑，一人疾如鹰隼，已自背后掩至，方歌吟不及点倒严苍茫，一面反手发招，一面急掠而出，"砰"的一声，依然被掌风扫中，跌出七八步，落在一头马背驮上，只觉一阵天旋地转，金星直冒。

他回头一看，原来是大风道人，自己已着了一记"化血奇功"。"化血奇功"消功蚀骨，要不是他以"一气贯日月"护住心脉，早已中掌而死。

大风道人怪笑道："顺我者昌，逆我者亡，你胆敢违拗于我，结果便……"

陈木诛却在旁摇头截道："道长万勿忘记，这叛逆之所以给道长一击奏效，乃严苍茫与之正面周旋之功也；严苍茫所以与之为敌，乃听我之命也，是以道长能伤敌，全是区区之功也……"

大风道人怒目以视，方歌吟忽然大喝一声，八马人立而起！

这八匹血马，与方歌吟已甚熟络，故一齐八马嘶鸣，这下冰屑纷纷碎裂，血河车在急驰陡止下，已几近倾倒，这变起仓促，饶是严苍茫，痴呆之余，给倾摔下来，大风道人反应奇速，陡然感觉站立不稳，血翼一展，掠出车外，以观其变。

这下却正中方歌吟下怀。他呼吆一声，八马齐奔，激骋而走。

他情知以己之力，绝非严苍茫、大风道人、陈木诛三大高手合击之敌，一死虽不足惜，唯陈木诛阴鸷毒辣，将严苍茫本性控制，为其所用，做出害理伤天的事，这才贻祸不浅，当下趁这隙儿，策马狂奔，往林中倒冲过去。

大风道人大喝一声，展翅追袭。陈木诛急急也变作女音道："苍茫，快，快，快给我将'血河车'追回来，再将那小子，点穴铐镣，我有大用……"

严苍茫神色茫然，踟蹰而行，不胜苍凉。

第柒回 忘忧林之毁

只见“忘忧林”正在一片火海之中，喊杀冲天，哀号连连，比起穷兵黩武，对人们死活不加一瞥的官兵、土匪、恶霸，与兵连祸结的辽人、金兵、乱党，其战祸荼害，又有何分别？

“西域魔驼”的掌法越拍越快，桑书云的身子越来越似在狂飙飓风中飘晃不已。飘晃，但是不倒，但他“嗞嗞”的指风，只要“西域魔驼”掌形稍有缝隙，即立时攻了进去！

到了后来，“西域魔驼”根本没有选择。他不能选择。“冲星掌法”，不能稍停，稍止则送命。

如此打下去，“西域魔驼”耗竭越巨，就在这时，嗞的一声，桑书云一指向他“京门穴”戳来。

“西域魔驼”忙用“冲星掌法”一格，“嗤”的一声，“西域魔驼”的掌心，竟被戳了一个血洞。“西域魔驼”失声叫道：“螳臂当车！”

“螳臂当车”是指法中一种极厉害的境界，具有一指挽奔马之力，“西域魔驼”虽有所闻，但却是平生首遇，心中一慌，桑书云又戳出一指，直点“西域魔驼”左胸的“天池穴”。

“西域魔驼”情急之下，将臂一横，“噗”地一指，桑书云的手指，竟插入“西域魔驼”臂内，“西域魔驼”痛哼一声，桑书云脸色白如纸帛，又见一指向他的“内庭穴”来。

“西域魔驼”左手一指“清啸指法”，射了回去，两缕指风碰在一起，桑书云脸白如雪，“啪哧”一声，“西域魔驼”左手食指被震折，第一节手指断裂飞出！

桑书云旨在为老友报仇，这人虽跟自己并无龃龉，但伤宋自雪在先，杀车占风在后，桑书云痛失良友，宁豁出一死，也要报此大仇，当下再不容情，身子滴溜溜地一转，施出“凭虚临风”的轻功，转到“西域魔驼”之后，直戳其“阳纲穴”！

“西域魔驼”此刻可谓惊怖失措，勉力长身，桑书云这一指虽打不中他“阳纲穴”，但仍然戳中在脾胃之旁的“意舍穴”，“西域魔驼”惨叫一声。不及变招，桑书云已顺势点戳他背心中脊，眼看拂中，桑书云却觉指尖一麻，“叮叮”两声，如戳中钢锥子，“西域魔驼”倏然倒撞而来！

桑书云这下始料未及，他未与“西域魔驼”交过手，不知“西域魔驼”背后装有倒刺，这一下失着，“西域魔驼”乘机后撞而来，端的是凶险万分！

桑书云只有疾退！

他退得快，“西域魔驼”也追撞得快！

“西域魔驼”情知自己已负重伤，若此击不能搏杀桑书云，自己恐劫数难逃；桑书云那双指一弹，委实已将倒刺弹得插入背肌，疼痛异常，他也管不了那许多，以镶锋牢固的“锁子甲”，要一举撞死桑书云！

桑书云急退，退得极快，两旁景物，呼呼而过！

“西域魔驼”急撞，撞得极快，只求速杀桑书云！

桑书云眼观六路，耳听八方，虽仓促遇险，但撤退之时，早有留心。

他疾退向天象大师与“武当一绝”疏七杀的战团。

疏七杀的“八卦游身掌”飘忽轻灵，但稍一近身，即被天象大师的“大般若神功”运使时所带起的白茫茫罡气，扫得立桩不住。天象大师近日来不知斗了几场，伤了几处，但依然龙精虎猛，越战越勇。

就在这时，桑书云飞退而至！

桑书云大叫道：“大师！”

天象乍见桑书云掠过，一人背撞而来，他侠义心肠，也不细想，双掌“轰”地拍了出去！

就在这时，疏七杀刷地拔出锥子，直刺天象背心“悬枢穴”。

但见青影一闪，桑书云已撞入他怀里，五指一拂，五缕指风，连中他手臂“阳豁”“阳谷”“阳池”三穴，疏七杀锥子垂了下来。桑书云的另两指又射中他的腋下“渊液”“天泉”二穴，疏七杀低吼半声，指劲破体而入，倒地而殁。

天象双掌，却“砰”地拍在“西域魔驼”背上！

“西域魔驼”背上的“锁子甲”，宛若刺猬一般，全刺在天象大师的双掌上。

天象大师只觉手掌热辣辣一阵刺痛，也没什么，“西域魔驼”却狂号一声，胸前有数十点血雨溅喷而出。

天象大奇，俯视掌心数十点血红，但未刺入掌心，大感纳闷。

他却不知道，他双掌虽击在“锁子甲”的倒刺上，但“龙象般若神功”的内力，将刺钩全打得倒嵌入“西域魔驼”背心去，几自胸前戳破出来，“西域魔驼”被这浑宏的内家功力一激，焉有不死之理？

其实在桑书云急退的时候，早已算准这一点，他以指劲拂弹过倒刺，情知以自己指力，要将全数钩刺倒嵌，肯定力有未逮，他跟天象大师交手数次，知其内力无匹，故铤而走险，自己替他解决强敌，但亦要利用他剪除大仇！

这一下全在桑书云算计之中，敌手互易，眨眼之间，两名强敌“西域魔驼”和“武当一绝”疏七杀，全被歼灭。

天象杀了“西域魔驼”，倒是一呆，桑书云疾道：“谢谢。”背影一闪，飘向宋雪宜跟许长公战团。天象越战越勇，杀了一人，犹真气鼓荡，无所宣泄，猛见雪峰神尼跟“神拳破山”支晓岚仍在激战中，暴喝一声，大袍激荡，飞身过去！

同在此刻，一阵急蹄，血河车席卷而现！

血河车背后，急追着一人，便是“劫余老怪”严苍茫，车顶之上，如大鸟般飞掠着一人，正是大风道人。

血河车急冲之下，却正逢着那费四杀的弟子黑衣青年钟瘦铃与琼一及瑶一的战团！

这三人战得正酣，“血河车”猛然冲至，三人一时都走避不了，方歌吟不想误伤琼一与瑶一，急忙勒止，八马齐鸣，大风道人这时飘然降落，一掌击下！

方歌吟勉强与之对了一掌，但受伤已重，被震得心气浮躁，便在这时，严苍茫茫然冲上血河车，一杖就盖了下来！

方歌吟急以“海天一线”，勉强守住，大风道人又乘机来袭，方歌吟重伤之下，以一敌二，已万分危殆。

这当儿天象挥掌扑向“神拳破山”支晓岚，支晓岚“霹雳”一声，一拳擂去，天象以“龙象般若禅功”硬接一拳，两人均是一晃。

雪峰神尼见天象耳根震出鲜血来，心中不忍，道：“大师先歇着罢。”天象怕雪峰神尼觉得他力不从心，当下向支晓岚咆哮道：“再接我一掌！”

一股白茫茫的劲气，又飞涌而出。支晓岚外号“神拳破山”，手上功夫，也非同小可，“轰隆”一声，又出一拳。两人一接，俱是一震，雪峰神尼抢步而出，天象却硬是拦在雪峰神尼身前，支晓岚又一拳击到，天象又猛击一掌，两人均退三步，口溢鲜血。

雪峰神尼再也忍不住，幽幽一叹，情不自禁将手往天象肩上一挽，温声道：“你又何苦？”天象心中一阵迷茫，道：“你……你都知道了。”雪峰神尼叹道：“就算铁石心肠，超凡入圣，也难免精诚所至，金石为开……”

天象惘然一阵，心中有一千个声音仿佛喊道：你都知道了，你都知道了！……一阵狂潮般的喜悦，使他忘了形，支晓岚又一拳击来，他竟不知闪躲。

“砰”的一声，天象左胁挨了一拳，他咳了一声，便是一口血，却一面闪躲，一面道：“你……你不见怪……”支晓岚又挥拳打来，雪峰神尼关切洋溢于色，一剑“星摇斗晃”攻了过去，支晓岚却趁雪峰神尼分心之际，一拳震飞雪峰神尼的剑。

天象怒道：“谁敢伤害神尼！”一股真气，在大欢喜大忘形中竟自丹田经由天枢、太乙、梁门、神封、神藏，通过曲池、火陵、阳豁诸穴而至掌心，击了出去，“神拳破山”这次一接，“咔嚓”一声，骨肘折裂，倒穿入胸，悲嘶一声。

雪峰神尼趁机而上，以手代剑，一招“千水一流”，切在支晓岚喉头“天突穴”上，支晓岚闷哼气绝。天象犹自喜极忘形道：“你不见怪……你不见怪……”

雪峰神尼幽幽一叹，正待说话，却乍见方歌吟正被大风、严苍茫两大高手追击，十分危险，呼道：“大师，我们先救方掌门再说……”说着飞身而去，天象犹如大梦初醒，随而奔去。

方歌吟这当口儿在危急间，雪峰神尼和天象大师忽然加了进来，两人敌住了严苍茫，压力顿减，勉强可与大风道人一战。这时两人都已受伤，只不过方歌吟更重一些而已，久战之下，方歌吟仍处于极端劣势。

但雪峰神尼和天象大师，遇着严苍茫，却更为吃力。天象大师受伤已重，而内力偏又斗不过严苍茫，加上喜欢忘形，功力时灵时不灵，神志悠悠惚惚，只仗雪峰神尼倾力以赴。

严苍茫杖影如山，天象径自在问："师太，你，你有没有生气？"雪峰神尼抵挡得正是辛苦，天象径自地问，她心中甚是气苦，道："阿弥陀佛。"

天象劈出一掌，又问："我……很久以前，第一次中秋大会，我见着师太，我……我就感觉到自己该打入地狱，永不超生……"雪峰神尼向严苍茫厉叱一声："严老，你醒醒……"

严苍茫早已神志迷失，哪能苏醒？天象见雪峰神尼旁而顾他，心中醋气大起，什么去嗔去痴，早忘得一干二净，心中气苦，心中实知业报所聚，自己向慕之情，乃非分之想，当下狂吼一声，"龙象般若神功"又激发起来，向严苍茫猛冲过去！

严苍茫左手一挽，以一掌接下天象大师两掌！

"嘣"的一声，天象如此疯狂出击，没护着经脉，遇着高手，反震之下，一时只觉天旋地转，天昏地暗，似永不转醒一般，严苍茫举杖横扫过去，雪峰神尼拦身以手一格，严苍茫反手杖端"笃"地点中雪峰神尼右腿膝盖内侧"阴陵泉"穴上，雪峰神尼立时仆跌。

严苍茫大喝一声，一掌击下，天象见雪峰神尼危殆，蓦然一醒，右手接掌，左掌攻了出去，这一攻一守间，俱用了毕生之力！

就在这千钧一发之间，忽听一清逸的女音带着惶急呼道："休得伤我师父……"

一条清淡的人影，急扑而来，严苍茫正待全力击下，乍见此人，是一清秀女尼，蓦然一震，失声道："是你……小倾……"

原来清一的样貌气质，长得极似谢小倾年轻之时，严苍茫当年苦恋谢小倾，有日鼓起勇气，表达心曲，谢小倾委婉相就，严苍茫得其青睐，自觉已是天下最幸福之人，当时曾仰天长啸三声：

"我是天底下最快活之人……我是天底下最快活之人……我是天底下最快活之人……"后来因逐名利，又淡忘情愫，以致日后追悔无及，谢小倾乃郁郁而终。

而今严苍茫乍见清一凄惶之色，颇似当年谢小倾哀切之情，心中一酸，一阵泫然，陈木诛所施的"慑魂迷心功"，便一时制之不住，而严苍茫苍茫中，也忘了发力，天象大师右掌砰地将他手骨打得寸寸碎裂，右掌砰地击中了他的胸膛。天象大师的掌力何等霸道，严苍茫的胸膛立时瘪了下去。

严苍茫捂胸退了三步，呕了一口血，双眼仍望着清一，苦笑道："你来了……"又退了三步，抚胸惨笑道："你不要走……"再退了三步，心痛如绞，凄笑道："我跟你去！"

说到这里，天象大师的"龙象般若神功"，早将他奇经百脉、五脏六腑，尽皆摧毁，他再也支持不住，溘然而逝。

清一不知这一代宗师、一世枭雄，何故对自己说这些话，甚是惊惧，躲在雪峰神尼之后，雪峰神尼轻抚清一肩膊，微微喟息，嘴边有一丝苦涩的笑意。天象莫名其妙地击毙了严苍茫，他虽脾气刚躁，但生平未曾枉杀一人，而今竟失手打死与自己齐名的严苍茫，不禁悲伤痛悔不已。

方歌吟力战大风道人，早已气喘吁吁，这时人影一闪，一人疾掠上血河车，策马飞纵。

方歌吟心中大惊，但为大风道人苦缠，形格势禁，无法控纵羁勒，情知"忘忧林"林主陈木诛已驾车飞驰，自己虽然仍在车中，却无法出手钤束。

血河车所向披靡，谁也莫敢正撄其锋，眼见其骋出树林，绝尘而去。

这时宋雪宜和桑书云，正在力战“巨炙”许长公；许长公使的是铁铲，力道沉猛，桑书云在前数战中，耗力过多，一时真气不继，险被铁铲铡为两段，宋雪宜忽然掣出“如今是云散雪消花残月阙落英流水”，正待发射，许长公的铁铲，倏然脱手飞出，飞劈而来！

宋雪宜情急中用筒子一挡，“咔”的一声，筒折为二，机栝震断，毒水乱喷，宋雪宜首当其冲，眼见要被毒水喷沾，桑书云不顾一切，和身扑去，竟抱住宋雪宜，一齐滚到地上，并覆身其上，准备承受毒水浇泼，死而无悔。

宋雪宜只觉一阵温热的男子气息迫来，初为大怒，见桑书云舍身救己，死在临头，尚且不惧，心中一阵迷惘，顿觉自己生平所最珍守的，就要动摇了，就要湮逝了，不禁悲酸起来，这感觉超越了生死，甚至比生死更难受。

桑书云覆身其上，只觉一阵温香玉软，心旌摇荡，不觉死之将届，猛反转领时，只觉那金筒子已被一件白色的长衫盖上，毒水尽被罩住，长衫早已焦裂，而自己一手提拔的辛总堂主辛深巷，正在一旁，好像完全没望见自己，十分悠闲似的，而他身上所披的白袍，早已到了自己身上。

桑书云脸上一热，只见宋雪宜闭目娟眉，如玉承明珠，花凝晓露，不知何故，流下了两行清泪，不胜凄婉。桑书云以为自己唐突佳人，猛飘身而起，只见“雪上无痕草上飞”梅醒非，正和全真子二人合力恶斗“巨炙”，已被许长公打得节节败退。

桑书云忙收敛心神，但脑里依然闹哄哄的，便在这当口，血河车已驰出林中，那陈木诛三声怪啸，两声怪叫，一声怪吼，在战团中的“巨炙”许长公，以及“括苍奇刃”恽大炎，猛攻几招，全力突围，紧蹑血河车而去。

这时局势急遽直下，“忘忧林”中，首脑陈木诛逃逸，领袖大风道人也不知去向，重将许长公、恽大炎又遁走，“西域魔驼”全至杇、“金笛蛇剑”燕行凶等又被击毙，蛇无头不行，人人俱无心恋战，桑书云招集“长空帮”，宋雪宜勒令“恨天教”，天象指挥“少林”，雪峰神尼晓谕“恒山派”，群豪士气大增，竟尔将敌人杀得大败而逃，片甲不留！

只听辛深巷施令道：“纵火！”

梅醒非闻言一震，诧异道：“放火林中，易致自焚，总堂明鉴。”辛深巷毅然道：“刚才我没采纳你火攻之建议，实是我眼光浅短。如纵火会断绝我们生机，‘忘忧林’主早就放火了，何必要冒险出袭？显然火势对我们有利无害，我们敝帚自珍，不如置之死地而后生，反而能一举扑灭强敌，使其无所遁形！”

梅醒非恍然大悟，传令下去：“烧！把‘忘忧林’统统烧掉！”

辛深巷的话，自然是言出法随，一如所命，“忘忧林”立时烧成一片火海。

这时“铁狼”“银狐”、严一重、费四杀、钟瘦铃等都且战且走，桑书云因适才救宋雪宜的事，心情再难平复，他想起自己以前那清节英飒又多情温柔的亡妻，心中一阵责咎，无论如何，都抹不掉那羞疚，更无法推诿那心头愧欠！

他心里难受，却未贻误戎机，展身扑向严一重；严一重见桑书云亲自向他出手，知情态严重，他左擒拿手右少阳手，抓向桑书云左臂根“中府穴”右臂“曲池穴”。

桑书云任由他抓着，却在严一重抓住了他尚未来得及发力之前一刹那，左右拇食二指一弹，“嗤嗤嗤嗤”，四缕指风，射向严一重。

严一重的武功，在黑道武林已算是一流好手，但若比起桑书云，可相差太过悬殊，这时他已十分接近桑书云，避已无及，他情急生智，手指由“少阳手”的劈力改为推力，发力一推，他自己则借一推之力，向后跃出丈外！

指风跟着追到，严一重连变了四种身法，才告险险避过四缕指风，但白影一闪，掠到他身前，严一重情急之下，右手“三十六路大小开碑少阳手”一招“五鬼运财”，左手“七十二路看到就抓擒拿手”一招“春蚕丝尽”，向那人招呼过去！

他出了招才发觉那是个女子，那女子冷哼一声，左手使“七十二路看到就抓擒拿手”中的“蜡炬泪干”扣住了他的右掌，右手施“三十六路大小开碑少阳手”中的“六丁开山”，一掌切封住他的左手，这时桑书云掩至，将他破锣破摔地甩在地上。

严一重半晌爬不起来，桑书云的背袍衫裙就在他眼前，只听他道：“我不杀你。”

严一重好不容易，才舒了一口气，桑书云道：“但是你要告诉我，大风和陈木诛他们，将撤退到哪里去？”严一重额角大汗涔涔而下，桑书云淡淡加了一句：“你要活着便得告诉我。”

——义气虽然重要，但对严一重来说，生存无疑更重要。

“一定是到恒山去。”

“恒山！”雪峰神尼倏然色变，“为什么到恒山去？”

——没有什么东西比继续生存更重要，对于严一重来说，他宁愿去花任何代价来保持他继续生存。

“因为陈林主的师父在恒山，在恒山的‘悬空寺’！”

桑书云和雪峰神尼对望一眼，脸有忧色，天象大师喝问："陈木诛的师父是谁？！"

——先求目前活下去，再求能逃脱大风、陈木诛等之追杀，总比现在闭目待毙的好。

"华危楼，他的师父就是'倚天叟'华危楼，也正是大风道人的义父，若果没有'倚天叟'的撑腰，单凭'七寒谷''忘忧林'，也许还不敢……"

"不敢狂妄到要称霸武林！"宋雪宜冷冷地接道。

"是……"严一重对这以自己的武功制住自己的白衣女子，无限畏惧。

"好，你走吧。"桑书云淡淡地道。但这一句话，在严一重听来，无疑如同皇恩大赦，他生怕桑书云又改变了主意，战战兢兢地站了起来，待他知道了"三正四奇"所余下来的高手正在交谈密议，根本没把他的存在放在眼里时，他便努力充作一副较有气概的样子，以免给人小觑了。但是周遭的人都沉浸在天象、桑书云、雪峰神尼、宋雪宜等人的对话中，压根儿就没注意到他，仿佛他是琐屑的存在，不屑一顾。

他一直以为自己是个角色，至少在白道上，是令人闻风色变的煞星，在黑道上，是个令人敬重的人物，没料今日一战，他根本就无足轻重，这自尊上的受伤比身伤还要严重。

桑书云这时正说道："方少侠在血车之中，力敌大风和陈木诛，甚是凶险，如果有什么不测，则令我们一生不安……"雪峰神尼叹息道："贫尼心中，已好生不安了。"这时忽听"嘻"地一笑，原来车晶晶天真烂漫，见严一重垂头丧气，没精打采地站起来，不小心踩到一具尸体，几乎摔倒一跤，觉得好玩，便笑了起来，天象大师也不觉意，黯然道："昔日老衲对方少侠为人，多有误解，真可谓'不知子都之美者，无目者也'……"宋雪宜恍然道："吟儿若不幸，我对自雪，日后黄泉下便无颜以见……"忽听一声惊呼。

原来严一重在如此沮丧的心情之下，乍闻有人嗤笑于他，他恚怒至极，置死生不顾，竟然生衅，猛扑向车晶晶之后，左手抓住车晶晶，车晶晶尖呼一声，严一重右掌击劈下去，正中背后"神道穴"，车晶晶哀呼一声，当堂惨死。

车莹莹悲唤声中，扑向严一重。桑书云更愧惶交集，严一重得以偷袭车晶晶，全因自己一念之仁，而自己应于车占风死后，悉心照料车家姊妹，却让车晶晶惨逝，桑书云心痛如绞，怒吭一声，七七四十九道指风，破空射向严一重！

而天象大师的"大般若禅功"，也隔空击向严一重，严一重已心丧若死，肆无忌惮，居然勇悍骠捷，躲过指风，身上已有四五道破洞鲜血长流，还硬接天象一掌，"喀喇喇"一阵连响，连人带身，飞了出去。

雪峰神尼一闪，到了全真子身前，左手一搭，右手一夺，已抄得一剑在手，半空将身子一折，未俟严一重落地前，已飞掠过去，半空将他身子斩成两截。

她足尖刚落地面，严一重身体的血雨便洒了下来，却因为受伤未愈，一时之间，运气阻塞，身法不快，便给血雨洒中，而严一重的躯体，也分别撞在她左右肩膊上。

以雪峰神尼武功，对这两下撞击，当然不算什么，但她一生高洁自爱，脸慈心冷，杀人而不沾血，而今却衣尽秽血。她毕竟是佛门中人，忽然觉得一阵腥晕，而且血肉肠脏，全落在她衣襟上，不禁一阵昏眩。

严一重人断两段，却犹未死绝，肉身尤在抽搐着。雪峰神尼拄剑环顾，只见遍地尸骸，哀号呻吟，不绝于耳。有残肢而未死者，有盲聋而未毙者，有肠肚流于一地犹辗转挣扎者——然而这些都是经由自己等人之手，顿成如许地狱屠场的吗？

雪峰神尼目光动处，只见一人，五指被斩，痛得不住发抖，正替自己包扎；另一人脸孔已被劈为两半，他的一只右手，还掏在怀里，临死之前，不知在想做什么？雪峰神尼不由伸手替那人将手掏了出来，原来是一卷轴，上站有一丰腴美丽的宫装妇人，雪峰神尼眼眶一湿，这时天象已到了她身边。

原来天象见雪峰神尼全身披血，拄剑屈蹲，以为她受伤，关切之情，不觉流露无遗。却听雪峰神尼喃喃地道："大师，这些人都有妻子，有家室，有功名，有事业，有所挂系……大乘佛法第一讲究度众一切苦厄，我们身为佛门中人，却神识不昧，作了孽障……"

天象被问得微微一怔，不知所答。他亲手杀了严苍茫，后悔迄今；只见"忘忧林"正在一片火海之中，喊杀冲天，哀号连连，比起穷兵黩武，对人们死活不加一瞥的官兵、土匪、恶霸，与兵连祸结的辽人、金兵、乱党，其战祸荼害，又有何分别？

在火海焚焚中，雪峰神尼不禁低眉合十："阿弥陀佛……"天象只见她玄衣如雪，如身处闲寂之中。

却听宋雪宜向"恨天教"子弟下达命令："我们追击凶徒，到恒山去！"

第捌回

血踪万里

他只知在龙门急流底心急如焚，却不知潺潺流水，逝去如斯，都是人世间的千山云水，人间世的光阴如晦，世间人的青史悠悠。

方歌吟在血河车奔驰之中，力敌大风道人。他武功非昔可比，但旧伤未愈，又曾失血过多，而今新创又添，大风道人的武功，本就未必在方歌吟之下，两人虽都受伤，唯方歌吟伤势甚重，如此大风道人便大占上风。

饶是如此，大风道人想一举搏杀方歌吟，也甚不易。三人一驾车，二战斗，血车边驰边打，只见水花扑扑激溅，原来已到了龙门急流岸边。

陈木诛驾驶血河车，纵缰骋驰，愉快至极，长啸吟道："绝云气，负青天……附髀雀跃而游……倏然而往，倏然而来而已矣……"诵得正酣畅时，忽然血马长嘶，不受拘牵，直往龙门急流里冲去。

陈木诛正诵至："潜行不窒，蹈火不热，行乎万物之上而不栗……"猛见此际危急，大是一惊，忙竭力勒止马势。

急驰的车子骤然勒止，谈何容易，只见八匹血马，嘶鸣不已，犹如疯狂，直往急流中的大漩涡冲去。

陈木诛怪叫道："不好……"大风道长这时又劈中方歌吟一掌，向陈木诛叱道："弃车！"

血影掠起，大风道人借车辕一点，飞扑上岸；陈木诛见状不妙，也紧蹑而去。方歌吟又吃了一掌，只觉体内如同轰轰雷震，辛苦难当，真气一岔，无力跃起，就在这晃眼之间，血河车何等之速，怎让他多加思索，目稍瞬间，已急驰入急流漩涡之中！

只听大风道人和陈木诛呼喝连声："糟了！""追不上了！""由它去吧！""人马都活不了啦！"方歌吟只听"砰嘭"一声，又"哗啦啦"一阵连响，待探出头来，只见马车已卷入急流中一道又一道漩涡里去，这江中的急流，因礁石关系，旋转甚烈，方歌吟只听八马长嘶，河水已灌入口中，他强提真气，却敌不过大自然的威力，迅速地将他卷入漩涡之中，只觉天旋地转，洪流激湍，方歌吟只听血车“喀啷啷”碎裂的声音，人也失去了知觉……

方歌吟在过去百日中，两次失去了知觉，当两次恢复了知觉时，反而一解了原先的厄困。

可是这次的危难，是在自然的大威力下，并非人力可以遏抑。他还能再醒来，再恢复知觉吗？

——能。

他再醒来的时候，先想到桑小娥。那言笑晏晏，那瓜子脸，那浅浅酒涡……今生能否相见？来生能否再见？想到这里，他心中一阵刺痛，念兹在兹无时或忘。待他意识到这些时，才醒觉自己没死。

——既然没死，人在何处？

今宵酒醒何处，杨柳岸，晓风，残月？

方歌吟没有醉酒，也没晓风也没月，只有人，一个人，衣白如雪，端坐在石岩上，巨岩旁还有两张清秀的字画，方歌吟不敢惊扰，也没细看。

方歌吟翻身坐起，只见这长衣大袍人，目光有一种淡淡的忧悒，眉宇间更有一股深深的傲悍之气。

方歌吟只觉浑身骨椎欲裂，椎心之痛，自身体每一块筋肉的深处传来，方歌吟失声呻吟了一声，叫：“前辈……”

那人没有应。方歌吟听见河水汹涌之声，依然隐隐巨响，回音甚巨，方歌吟顿感自己如一叶小舟，在恐慌岁月中被天风海雨冲刷镂刻。

他又唤了一声：“敢问前辈……”那人依然不理。方歌吟猛见眼前有一堆东西：竟是支离破碎的血河车，以及摔死、溺毙的血河宝马！

方歌吟此惊非同小可，忙“呼”地飞跃起来，才发觉自己下半身已湿透，原来仍一直浸在河水里，而河水就在洞凹边缘，不断冲刷，起伏翻腾，汹涌澎湃，泡沫四卷，在洞顶洞眼，发出如雷巨响。

方歌吟这才明白他身下的处境：原来龙门急湍的漩涡，是由这里产生的逆流，反卷上去，而自己与血河车踏入漩涡之中，急流将自己等转入漩涡之中心，反带往此中心的平静之地。血河车马因较巨硕，反被漩涡及汹涌的水流绞碎，而自己却失知觉，随波逐流，被流水送至此安全之地。

这洞凹之处，所坐落处显然是水底，上有急流，旁有漩涡，根本不可能出去，自己虽得免一死，但困处于天然的生门，却仍吉凶未卜。

方歌吟心下大急，想起那白袍人，可能也是失足坠入激流，而困于此处罢。他比自己先来，可能已觑出一些脱困的门路也未可知，当下又唤道：“前辈，前辈，……”

那人自是不应。方歌吟心念一转，暗忖：若有办法出去，那人早就出去了，又何必留在这里？想必是因为不能突破水墙漩涡，故此心如槁灰，不理自己，也是合理的。所以没再呼叫，又去观察水势。

这道水墙天然急湍，根本无法凭借轻功跃出，而河底自有激流，将重物卷至此处。方歌吟好生纳闷，自己还可以说是在战役中无法兼顾，以致血河马跃入龙门河中，陷入漩涡，送来此地，但一般而言，这种失足可能极小，那人又何故到了这里？

方歌吟再仔细想想，越觉不对劲，血河宝马何等通灵，因何竟奔入江中，以致车毁马亡，一至于此？

方歌吟百思不得其解，难以参决，只好敛神凝气，默运玄功，将伤势渐渐压下，如此过了几个时辰，睁目跃起，内伤已大是复原，呼吸也大为调畅。

却见那人，依然端坐不动。

方歌吟又叫了几声，只觉那人神态逼人，犹如王者般的傲气，令人不敢迫视，眉宇间的郁色，却如同河底渐黯的天光一般，越来越浓烈了。

——敢情是河上的夜晚要临了吧？

只见粼粼波光，映透过来，影影绰绰，很是好看，方歌吟暗忖：河上该有月光映照吧，桑帮主他们不知怎么了？想到自己，一次在“七寒谷”战役里，一次在“忘忧林”战团中，皆中途因“血河车”而未能竟役，心中很是难过。想着想着，觉得伤怀寂寞，不禁偏首向那端坐的人斜睨过去。

这一看，忍不住“啊”了一声。原来水波映在那人脸上，奇幻莫名，只见那人双目依然张着，气质傲郁，但表情丝毫没有变化，方歌吟只觉一股寒意，自脚底生起，他壮着胆子，掠了过去，那人仍然不动，甚至连眼睛都没眨一下。

方歌吟又细声叫了几次，那人不语不动。方歌吟慢慢用手往那人面前一扬，那人瞳孔睁大，眨都不眨一下，甚至连脸部肌肉也没一丝抽动变化。

方歌吟这才明白那是一个死人。

但那人死了多久？怎么死的？他是谁？为什么在这里？何以死了仍神采如生？这些都是方歌吟难以解开的疑窦。

方歌吟又将手置于那人唇上，欲一探那人鼻息，连他自己也不禁发出一声叹息：那人确已逝去多时。

只见那人眼神，有无限寂寞意，眉宇间更有悲凉的傲意，令人有寂天寞地的感觉。方歌吟知道这洞凹中，除了自己，再没有活人，心头有一股凉意，又觉无限凄凉。

却见那人盘膝而坐，双手置于腹间，然左手尾指，却斜指右前方岩壁处。

方歌吟随目眄去，只见岩壁上挂了两行字，写得逸意神妙，娟秀无比，只见字画上写着“朱弦一拂遗音在，却是当时寂寞心”，字画下有一架朱红古筝，就没其他的事物了。方歌吟看着看着，却又惘然一阵，寂寞一阵。

却见那人，神情忧悒，却含淡淡的笑意。方歌吟忽见那人右手食指斜翘，指向左方岩壁处，左方岩石上有几个字，写道：“欲得血河派绝招，先安葬余，后掘此处，即为我第十三代掌门。龙门卫悲回字。”这几个字，在坚硬的岩石上凿下，却字迹遄逸，竟是以手指划下的，留字的人，内力之纯，可见一斑。

方歌吟着实吃了一惊：难道这白衣人，竟就是昔年名动武林的“血踪万里”卫悲回？却见他白衣惇儒，岂有一丝血腥凶暴的样子？

他怔了半晌，却知卫悲回叱咤风云，纵横一生，遗骸于此，收葬当然。洞凹周转余地不多，便在正面处，掘了五尺深、七尺长坑穴，唯此穴一掘，方歌吟更不忍将足置于其上，可以活动的地方更少了。

方歌吟掘好了坑穴，却见坑穴下有两条树根一般的长条子，怕对卫悲回遗体横卧或有不适，便用金虹剑一切，“噔噔”二声，将之除去。方歌吟只觉那断落的声音好怪，也不以为意。

安设好了坑穴，便要奉置卫悲回的遗体安葬。方歌吟走近去时，只见卫悲回双目湛然有神，容色红润，宛若活人一般，而且全身散发着一股隐隐的金红；方歌吟见过掌门师伯宋自雪如一副骷髅形貌，但仍能发出盖世神功，不禁犹疑了一下，仔细观察之下，确知卫悲回已死，才恭恭敬敬，在地上叩了三个响头，道：“卫老前辈，咱们有缘，在这洞中遇上，在下就替你收葬骸骨，至于武功，你我素不相识，传我好没道理，我也不学了，但愿您老人家，在天之灵，能保佑小娥他们，在‘忘忧林’转战顺利，平安快活便了……”

说着说着，毕恭毕敬，双手轻挟卫悲回的遗骸，正要下葬，但手指甫触卫悲回肌肤，忽如电殛火花一般，便要收手，已来不及，双手竟如铁遭磁吸，拔之不去。

方歌吟没想到这无生命的躯体，竟也能紧吸住自己双手，他惊骇之下，也不知对方是妖是魅，但对方依然紧吸他双手不放，一股狂飙般巨大的热焰，透过手指，阳跷脉和阴跷脉。

方歌吟恐怖之下，欲运功抵抗，但卫悲回的内力，远在方歌吟之上，方歌吟情急之下，固御不及，内力已排山倒海涌着，宛若骤风狂雨，掩抑不住，方歌吟初只觉气流蹇塞胸膛，轰轰雷震，少阳、阳明、太阳、阳汇一路真气奔腾鼓荡，少阴、厥阴、太阴、阴汇一路内息游走，终于四股气息合一，如天风海雨，无以羁糜的真力"轰"地冲破了身上各处要脉，气纳丹田，五华升顶，一时间只觉真气充沛无尽，只觉一股内息，溥博沉雄，坚立万仞之巅！

这时卫悲回的尸身，却整个瘪了下去，内息渐渐湮消微弱，终于"骨碌"一声，如衣空骨架，整个仆落下去，方歌吟这才喘得过一口气。

只见"忽律"一声，那干瘪了的尸身，忽尔飘落了一幅卷轴。方歌吟惊魂初定，自觉内息顺畅，前所未有，一点也没有为难窒滞，知是内息得卫悲回所传。心感恩厚，铭诸肺腑，但又不明所以。见卷轴跌出，便拾来徐展，只见轴画中一淡妆女子，华容轻浅，襟佩珠花，旁书："仿佛兮若轻云之蔽月，飘飖兮若流风之回雪。"笔势飞动，方歌吟看了一回，竟也痴了。

却见卷轴打开，另一张字笺飘落，方歌吟用手抄住，只见字体疏狂，有一种不把天下人放在眼里的笔意，这样地写着："……余卫悲回，为血河派第一十二代掌门。怀重创自投急流，避仇于此中。天下人若知余负伤，则群犬狺袭，以杀我为荣。余至此情知不治，故将一身武艺，尽录于秘笈，有缘人应得之；亦将数十年内功，聚于身上，诚心安葬余之躯壳者，始能传得。若一见壁上留字，即掘秘笈急欲学武者，早已触动埋伏之机栝，或未掘墓前先触余身，即遭洞顶埋伏之暗器射杀。……"

方歌吟看到此处，手心捏了一把冷汗，暗忖：幸亏自己别无贪念，否则只怕已横尸当堂；念及这卫悲回的处心积虑，处处埋伏，更是心寒。举目一望，见洞顶果有两柄银箭闪闪熠熠，镞刃锋利，都向着自己，自己竟一直没有发现。

方歌吟心感惊栗，再看下去："……余最恨天下不诚者也，故宁可自毁尸身，绝灭武功，也不愿将武艺传于宵小。余一生中，杀人无算，快意恩仇，落此下场，实属报应。余一生无过可悔。生平最爱之人，虽作他嫁，唯余声名狼藉，满手血污，其人惇惇君子，余所爱者能有良配，余甚宽慰。现遗下内功、秘笈及血河三宝，汝得之，即为血河派第十三代掌门也。余生平与人交手，未尝一败，今重创于萧秋水手下，亦无所怨。念平生虽无丰功伟业，但纵横捭阖，白昼放歌，深宵弹剑，活得好不惬意。哈哈，哈哈，哈哈！

龙门卫悲回秋杪绝笔”

方歌吟看到此处，真是夜吟方觉月光寒。只觉烟波浩荡，霭霭浮动，水光相映，幽冥异路，地上所伏之人，竟就是当年傲啸天下的血河派掌门，这一种仿佛不真实的感觉，方歌吟处身于此不真实的情境里，又一次地涌来。

方歌吟读罢字条，卫悲回傲睨万物的风貌犹存，但尸骨已寒，这一种不真切的感觉，始终围绕着方歌吟易感的心里。他一时也不知是什么滋味，也没有留意书中所说的“血河之宝”和武功秘笈。

他先将卫悲回遗体安殓，卫悲回这时已形容枯槁，衣服稍经接触，即告断落，敢情尸身全仗一股真气支撑着，而今内力传于方歌吟，即告霉毁，骨架不全。卫悲回早已死了不知多少年多少载了。

待将卫悲回放置入坟，将土填回，方歌吟觉其一世英雄，化作尘土，正如歌台舞榭，转眼尽成瓦砾，一时茫然，待填平按实土坟，更感恩怀德，叩了九个响头。

这几下叩下去，却觉额角所触，作金石之声，方歌吟此刻功力极高，得宋自雪、任狂、卫悲回所悉尽相传，又得“百日十龙丸”之助，已达到了前人未有之境界，就是卫悲回本身，也有所不如，他以额角撞叩，却不觉疼，只觉因此停止叩拜，对逝者大有不敬，便叩首下去，九下之后，只听轧声乍起。

轧轧之声发自卫悲回原来趺坐的岩石上，只见岩石慢慢裂开，方歌吟引颈窥去，只见岩裂之央，置有两物：一是一条二丈八银鞭，精光熠熠；另一短刃，金光烁烁。在裂石上书有几个字，写得甚有骨力：

“……血河三宝，乃‘解牛刀’‘余地鞭’‘游刃箭’，箭在洞上，机关已在汝叩首九遍时崩断，故随时可以取之，若要出洞，必先习得武艺轻功，即汝叩首之处，掘土一尺，可获秘笈。”

方歌吟到了此时此境，不由得不佩服“血踪万里”卫悲回的精邃深沉，用心衡虑，孤心苦诣，因怕误传不法之徒，所伏下的数度埋伏，若一见秘笈指示即开掘者，早已死在火药之下；而安葬后不施身拜礼者，即无法寻获秘笈、血河之宝以及出洞妙法。卫悲回人虽已逝，但布局之周延深入，直比活人还能控纵大局，方歌吟如此想来，自己若有一丝不敬处，则早已埋骨此地。

方歌吟别的并无兴趣，却知能从秘笈中学得出困轻功，不禁大喜，三扒两拨，取出铁盒，揪出一看，只见秘笈共有五册，第一册是“解牛刀”的练法，第二册是“余地鞭”的用法，第三册是“游刃箭”的要诀，第四册是所贯注于己身的内功运用法门，第五册则是修习上述四种武功后，再配合于轻功，方能一举冲出漩涡巨力。书中言明躁急不得，必须按部就班修习方可。

方歌吟这才了解，因何血河马经龙门时，以致冲入急流中自毁，因其主人命丧此处，宝马灵通，以身相殉，却使自己得此奇缘。放眼看去，这武林中人人追逐、志在必得的血河车马，早已车毁马亡，心中不禁怃然，心里因想早日脱困，便收心敛念，专心学起“血河派”的武功来。

洞中无日月。方歌吟不知自己在举世滔滔中，学得了旷代无俦的武功，日后要力承时艰。他只知在龙门急流底心急如焚，却不知潺潺流水，逝去如斯，都是人世间的千山云水，人间世的光阴如晦，世间人的青史悠悠。

诸侠群豪，却浩浩荡荡，乘追击之师，上了恒山。大风道人的武当一脉，早分为二，除他所率的残部外，其他武当弟子，趁其兵败，纷纷起变，另立掌门，归作群豪之列，追杀“叛逆”大风一脉。

大风道人率领残部，武当、金衣会、七寒谷、天罗坛等众不过二百余人，加上忘忧林百余之众，怎是群豪数千人之敌？大风、陈木诛率人转战数十，可谓血踪万里，终于闯上了恒山。

恒山原为雪峰神尼主掌的地方，恒山派弟子纷纷截击，但怎能阻挡得住这群如狼似虎的亡命之徒？

恒山派子弟仅能守住恒山派要塞，大风道人等上了“悬空寺”，会合了“倚天叟”华危楼，反过来包抄恒山派，恒山一派已面临覆灭之危。

这时桑书云、雪峰神尼、宋雪宜和天象大师等人却已追击到恒山脚下了。

第玖回 来到悬空寺前

“雁——飞北方，花——遍草原……”那脆卜卜、凉沁沁的歌声传来，好像眼前真的拓展了一个偌大的青青草原，草原上的鲜花真的开到了天涯似的。

天象仰望峰插入云的恒山，感慨地道："这是恒山，我们……我们都不能上去。"少时九劫神尼曾偕雪峰下山，晋谒少林派高僧抱残大师，天象即在其时初晤雪峰。天象虽生得威凛，但雪峰神尼更是高大，比天象还高出了一个头。在天象心里，观音大士的形态，就似雪峰神尼一样。

此刻金龙谷恒山子弟死尸累累，群豪要硬闯而入，但素女峰之规定，却是谁人也不敢任意触犯，男子若贸然上山，一概杀无赦。但如将群豪中的男子留下，只剩不到十一，又如何去挽回大局？众人好生迟疑。

宋雪宜是女子，自是方便劝谕。"师太，现今大风等恶徒，已强上恒山，素女峰姊妹危在旦夕，师太为保存贵派，理应破例一次，不当墨守成规，以致祸亡无日。"人人自是忧急，俱望向雪峰神尼。

雪峰神尼呆了半晌，苦笑道："要恒山开此禁例，未尝不可……"这时群豪见其举棋不定，早感不耐，伯金童不耐烦地咕噜道："你奶奶的，上恒山可是救你们恒山呀，啰嗦下去，看谁要上！"徐三婶也接道："若给敌人覆灭了恒山，恒山就没有教条可守了！"她说的比伯二将军更大声，于是七口八舌，很多人对这不可冒渎的尼姑早有不满，故借此议论纷纷："嘿，什么恒山派嘛，哪有女的上得男的不能上的臭规矩！""我们偏生上给她瞧！""我们上去为的是救她们恒山一派，总不成来个恩将仇报，这个习癖要不得，咱们男子汉大丈夫，今日打也要打上恒山去！"众人一时都大声说好。

桑书云知一派规习，不可说改就改，何况雪峰神尼是一派宗师，担待甚巨，桑书云也是一帮之主，如帮规废弛，乃是大忌，自是了解，当下道：“诸位，师太自有为难处，请大家少安勿躁……”群豪起哄之时，也不理会桑书云的话。桑书云知以大局为重，对雪峰神尼的一成不变，也不想偏袒，当下不再冗言。

雪峰神尼望着峰顶，悠悠出神，不知是想着什么，也似没把群豪的话，听在耳里。天象大师懊恼群豪言语冲撞及雪峰神尼，喝退：

“休得无礼，恒山的事，该由师太做主……”即有人道：“这是武林上、江湖中大家的事，应由大家来做主！”又有人说：“对！武林又不是她一个人的，当由我们来决定！”更有人说：“恒山素女峰与名列‘武林三大绝地’齐名，敢情不是什么好东西。”天象大师怒不可遏，运足真气，道：“神尼自有分寸，用不着你们啰嗦。”

他真气悠长充沛，登时将大家的声音压了下去，没有人能提得起语音来，但话才说完，扁铁铮即翻着怪眼紧接着道：“你这和尚，怎么老帮着尼姑？”其他人也纷纷说道：“是呀！”“照啊！”“嘿，这对尼姑和尚，不是什么好路数！”这些冷讽热嘲，气得天象大师满脸通红，而大家又是一条阵线上的人物，发作不得，天象只差些儿把粗话骂出口来。

这时局面稍呈紊乱。雪峰神尼幽幽一叹，忽然挥手道：“我们上去吧。”众人一怔，噤声不语，天象也是一愣，期期艾艾道：“神尼，这……这岂不触犯了……”

雪峰神尼冷冰冰的脸上居然出现了一丝笑靥，道：“由我一力承担便是。”召小秀召定侯高声道：“既是如此，咱们还等什么，还请帮主下令，咱们上恒山杀敌去。”

桑书云微微颔首。众人登山而上，虎风口大风如虎吼龙吟，山势陡绝，旁临深涧，奇峰联厉，大石嶙峋如攫人，或如蜂窝，或如怪兽，但地上死的横七竖八，多是恒山派姊妹，雪峰神尼看得心疼，仗剑第一个领先奔行，天象大师唯恐雪峰神尼有失，紧蹑其后；两人内力精湛，脚力速捷，桑书云、宋雪宜等忙于调度，其他人又怎是这二人足力可媲，两人转眼已过恒山坊。

恒山坊是昔日方歌吟上素女峰阻止桑小娥剃度之重关，幸得清一有意成全，方歌吟才赶得上恒山殿，阻止那千古遗憾事的发生。

这一僧一尼，赶至恒山坊，忽听一人语："你俩本是痴男怨女，何不还俗，两人了却尘缘，再来出家？"这时恒山天气忽好忽坏，眼下大雾迷漫，两人只感觉一阵萧索，不禁靠拢在一起。

那人又悠悠道："其实你俩是世俗凡人，何必苦苦禁制欲念？两人相依相守，不是更逍遥快活吗？"天象、雪峰两人听得，又不禁靠近了一步，两人眼神中，都流露出倾迟欲醉的神色。

这些话本都是两人心中偶尔抹过的念头，近今愈炽，不过都不敢说出口来罢了，而今有人替他俩说了，反而觉得道出心头的心思，只听那人又说："忙忙碌碌容易过，烦烦恼恼几时休？忘忧，忘忧，你们还是尽情了罢，忘忧了罢。"

天象和雪峰都忍不住惘惘然点头。雪峰道："是。何不忘忧……"天象也喃喃道："忘忧了罢……师太，你可知我惦记着你，南无阿弥陀佛。"两人身子已渐渐靠在一起，天象大师却陡然间猛地一醒。他念"南无阿弥陀佛"，全属无意，只因数十年来浸淫于佛理之中，惯于说偈念佛，不意说了这一句，他是有道高僧，修为非同凡响，至今仍童子之身，神清气醒，这一下，倒因一句佛号，唤醒了他自己，立时收敛心神，护住经脉，当下邪魔不侵，心无羁束，暗运内力，准备一击。

只听那人又道："你俩若想相宿相栖，就还俗来'忘忧林'吧。"雪峰神尼自少处子之身给曹大悲糟蹋了，定力便无天象之高，当下神志迷乱，靠向天象，幽幽地道："我……我们就远走高飞，你不要回少林，我也不返恒山了……"

这话说得自蕴深情，天象光亮可鉴的额头，不禁渗出了汗珠。他内力充沛，与人交手，也不流一滴汗。但雪峰神尼是他日思夜想、念兹在兹的人，而今对他这般温言说话，虽明知是有人摆布算计，但一个梦，究竟醒好，还是不醒好？

天象大师为此而大汗淋漓。雪峰神尼则如饱醉醇酒，挨于天象身侧。雪峰神尼年岁虽大，但神清骨秀，端丽无比，天象只觉山风刮脸如刀——究竟梦醒，还是梦中好？

天象这边遇到了勘不破的怨憎会时，桑书云、宋雪宜这当儿也遇上了伏击。

开始时是山坛间传来"咚"的一声鼓响，犹如晴天打了一个霹雳，又似铠甲落地，震得各人心弦一紧。接着下来便是"咚咚咚咚咚咚咚……"连响，每一击皆如敲在众人脑中，内力较低的，捂脑呻吟者不知凡几。桑书云变色道："震天鼓！"

宋雪宜也失声道："倚天叟！"

原来"倚天叟"华危楼为当日"幽冥血奴"萧萧天的死敌，两人功力相仿，交战之下，萧萧天得胜半筹，大风道人得曹大悲所遗秘笈后，亦因受暗中与其结盟的华危楼所唆使，所以用萧萧天名义为非作歹，以图引萧萧天出来，两人联手，除此大患。大风道人原与陈木诛、罗海兽、燕行凶、曲凤不还等私心甚重，虽与华危楼结义联盟，但见其傲慢自大，旁若无人，虽有一身绝艺，却无组织办事之能，故侵占中原武林之役，都不想有他参与，只怕到时给他争了权去；而今兵败，走投无路，只好又去投靠他，仗他出手相助了。华危楼的“倚天鼓”魔音，十数年前横扫中原武林，若不是给萧秋水的“掌心雷”震破他的“蚩尤鼓”，华危楼还不知要作下多少恶孽。

“倚天叟”华危楼的“震天鼓”“掀天枪”“轰天拳”是为“倚天三绝”，虽被萧秋水逼走万里，但仍雄长西域，冠冕当时，最后才盘踞“悬空寺”，使该地成了“武林三大绝地”之首。

只听鼓声“咚咚咚咚”地击打着，众人都觉心血浮荡，桑书云、宋雪宜内力较高，一时还挺得住，暗自惶栗，这鼓声所挟带摧人动气，一旦久持，必贻患无穷，令人内力大耗。只听鼓声渐急，咚咚咚咚响着不休，犹如百万兵甲，宛似黄云铺地涌来。

这鼓声伐得越来越厉害，眼见功力较浅的人就要按捺不住了，桑书云也觉心头烦恶，敌人影踪却始终不见，鼓声似翻山越岭侵来，无可捉摸。这时一名功力肤浅，但平生杀孽无数的提刀汉子，终于把持不住，罩不住这魔障攻心，失足翻身落下崖去，只听长长的一声惨叫，悠久未绝。

就在这惨叫杳灭之际，忽听“琤琮”一声，清心悦耳，众人只觉一阵清爽，只见一白衣女子，低眉抚筝，剪水般的睫毛一颤一颤，琤琤之声自十指撚挑传来，洋洋盈耳，听来舒畅莫比。

桑书云一听，却脸色大变，只听弦韵柔靡纤丽，齐梁余绪，绕梁回听，桑书云眼前，却悠悠隐隐，仿佛见一葛衫女子，正绢眉低垂，向着自己弹琴，桑书云血气上冲，几乎要吐出一口鲜血来，颤声自道：“是她……是她……是她……”

却在山壁之后，有一意态波磔的老人，红口白牙，他左右手鼓槌，一下下、一记记敲在一面斑驳粉垩的鼓面上，他一声声敲击着，捶一响，笑一声，一面想象着敌人如何摧心裂肺，挣扎求死的样态，就在这时，耳际忽而传来筝声。

这锋芒棱骨的老人，猛地一震，筝声又悠悠传来，老人身上的斗玄，不住“霍霍”地颤动着，只见他的鼓槌一直握在手里，手不住在颤抖着，却未再击下一鼓，只渴望多听一下筝韵，只听他抖声道：

“……不是她……不是她……不是她……”

他气贯全身，才勉强站定得住，不意“波”的一声，手中拿捏的鼓槌，竟捏得粉碎。这老人便是“倚天叟”华危楼，密令大风道人诱敌于此，想以“震天鼓”之威尽数摧之。桑书云的悲声叫道“是她”，华危楼的哀声呼叫“不是她”，却是百十年前先辈“逍遥派”天山童姥和李秋水同样的悲剧，这个桑书云、华危楼当然不自知。

却说华危楼明知道“不是她”，但那面鼓，始终敲不下去，心里还是存万一的希望，期待真的是“她”。他为了她，以致跟萧萧天交恶，两人大打出手，“她”却不加青睐，华危楼恶向胆边生，便图硬抢，打算米已成饭，再慢慢培养感情，但“她”却是大侠萧秋水的结义妹妹，终于引致了萧秋水的出手，逐走了华危楼，而“她”也嫁作他人妇，数十年来不知何踪，伊人何在？

——而今这筝声，又怎会是她？

但华危楼已杀心尽消，形容枯沮，呆立当堂。就在这时，这阵清越的歌声传来：

“雁——飞北方，花——遍草原……”那脆卜卜、凉沁沁的歌声传来，好像眼前真的拓展了一个偌大的青青草原，草原上的鲜花真的开到了天涯似的。饶是华危楼生平虚骄妄诞，也不禁耳目一清，萎然长叹。

桑书云这边，因闻歌声，蓦然一醒。那清清凉凉，如薄荷般的歌声，便是自己爱女小娥稚气的声音。这声却叫他自梦中醒来。他跟爱妻曾似花承节鼓、月入歌扇，直比神仙还快活，但她却终于郁郁病逝。他记得她病逝前哀哀叫了两声“江南，江南”，便溘然而逝。他悲泪莫停，扫落了案前的壶皿，唤不醒宛若沉睡中的爱妻，他仓惶冲出大门，只见街衢阒寂，他真想就此死去，他真想就此死去。

他没有当时死去，是听到女儿清细的歌声：“……冰河——消融，柳条——新芽……”他女儿在屋前柳边，峻坂人家处闲唱。他醒了，他要活下去，维持“长空帮”，抚养他女儿成人长大。

而今桑小娥也是这样地唱，但往事倥偬，岁月荏苒。他挥去眼泪，知道而今弹筝的不是他爱妻，而是宋雪宜，但心腔的一股柔情蜜意，至此再也无可抑遏了。

这时筝韵已停，歌声也悠悠而止，群豪见筝声一响，歌声一起，那可怖可畏的鼓声不再，都大声叫好，喝起彩来。却听山峰九仞之外，有人纵声大叫：“伊小深！伊小深！！伊小深！！！”长啸三声，声中掩抑不住的寂寞悲凉。

这一声叫，桑书云便震了一下。叫得了三声，桑书云和身而上，遁声追踪而去。宋雪宜怕桑书云有失，步履起落，施展轻功跟去。两人转眼已上长坡峻坂，俄顷消失在峭直刻深的山峦间。辛深巷、梅醒非见“二正”尽去，帮主、教主俱不在，知难有必胜之算，不如死守山道，以免人马杂沓，为敌所趁。桑小娥一曲既毕，众人喝彩，她也似没听见，心中只是在祈盼：“大哥，大哥，我这首歌，只唱与你一人听，在千山万山外，你是否曾听见……”原来她天真纯洁，屡见方歌吟逢凶化吉，转危为安，心里便想这次也必能命福无碍，化险为夷，但愿方郎早日脱困平安，她现下心中默祷，却不知在千山竞秀万壑争流的千山万水外，方歌吟在龙门急流的水底，也正为她思祷平安。

在“恒山坊”迷雾中的天象和雪峰，两人衣襟相贴，只听那陈木诛又施“慑魂迷心功”道：“你俩又何必矫情，就此了却夙缘了吧……”

雪峰神尼依偎在天象之旁，轻轻道：“是呀……”天象抬首望去，只见她脸颊雪白，漾起红云，比叆叇的云朵还要好看。

天象不由看得痴了。陈木诛又道：“什么佛门中的戒律，都给我破——”忽听天象大喝一声：“破！”陈木诛“哎唷！”一声，一口血箭，喷在地上，脸色惨白，捂胸而退！

雪峰神尼如梦初醒，脸色惨白，摇摇欲坠，天象连忙扶住，也不及去追击重伤的“忘忧林”林主陈木诛。

原来陈木诛施“慑魂迷心功”，只制住雪峰神尼的心智。天象对雪峰早已倾心，但他嵚崎磊落，不肯如此乘人之危。他凝聚内力，暗运神功，初轻声跟着陈木诛的声音说下去，待一“破”字，猛以佛门“狮子吼”出口，以博大闳深的真力，将陈木诛的魔法反震回去，尽伤其五脏内腑，并喝醒了迷梦中的雪峰神尼。若非天象关切雪峰的安危，早已可趁那良机将陈木诛一掌击毙。

雪峰大汗淋漓，在天象臂膀之中，过了好一会儿仍震颤未休。

忽然“啊”了一声，满脸通红，一跃而起，原来天象暗运用力，以淋漓元气，自雪峰后头“天柱穴”输了进去，雪峰本也内力非凡，登时苏醒过来，飞红了两片玉颊，再不言语。

两人你不敢看我、我不敢望你地僵持了好一会，天象责任心重，既后悔适才一刻，没能多加珍惜，又担心群豪安危。雪峰神尼深长地呼吸了一口气，道：“谢谢你。”天象不知如何回答是好。少停，雪峰神尼又说：“我们回去吧，跟大队一块儿上来才是。”天象大师自然同意，但见雪峰神尼即迅雍容自若，适才的事，似没发生过一般，心里又仿佛有个追悔的声音，不住回响，当下长叹一声，当先开路纵去。

只见一青一白两条飞影，在削壁峻岭间兔起鹘落。桑书云闻声辨位，几个起落间，便看到一块巨岩下，上刻“风动石”三个遒劲的大字，只有一角连在地上，随时即将滚下一般，石旁站了一个老人，老人目光熠熠地盯住他，桑书云心下一寒，问：

“倚天叟？”

那老人目光极是锐利，一丝不移地盯住他道：“桑书云？”

这下相互一问，都猜出了姓名，似互道久违了一般。桑书云勉力平息自己心中的激动，道：“拙荆的名字，华先生怎生晓得？”

华危楼一震，裂开血盆大口，失声道：“你……你说什么？”

桑书云皱眉道：“我说你怎知拙荆小名？”华危楼咆哮一声，一拳打在风动石旁的一块坛子大的石上，“嘭”的一声，大石粉碎，饶是天象大师，一掌击下，石块也不过四分五裂，而此人却能一拳将之击得粉碎，内力之盛，可想而知。桑书云心有分数，但神色不变，再问了一声：

“你怎知道拙荆的名字？！”

原来伊小深嫁于桑书云。曾言明有两个极大的魔头，要找她麻烦，千万叮嘱桑书云不要向人道出她小名。桑书云当时颇不以为然，笑道：“有什么难题，尽可告诉我，我是‘长空帮’一帮之主，还怕什么来着？何况，我的武功也不比人低，但告诉我无妨。”伊小深却是说什么也不允，只推说是当年旧事，不欲重提。只说：“若是萧大哥在，或可制此二人，现下连卫掌门亦已殁，天下难有对付他们的人。这都是当年旧事，现下妾只一心一意对你，你就不要追问。”桑书云生性明达，也没多问。他只知道伊小深本为萧秋水之义妹，萧秋水为见唐方赴死闯唐门之时，伊小深出过大力，后萧秋水心死若灰，不出江湖，伊小深曾在“血河派”耽过一些时日，后来只身独出，结识桑书云，桑书云对她情深似海，终为所动，便嫁于桑书云，深居简出，唯两情甚悦。

这时只听华危楼喘息喝道：

“伊……伊小深就是嫁了给你？！”

桑书云心中已猜着了几分，吸气挺胸，道：“是。”华危楼瞪目趋前，样貌十分狰狞可怖，厉声问：

“她……她人呢？”

桑书云缓缓摇首，道：“死了。”眼中流露一抹悲凄。这时宋雪宜刚上山来，听如此说，伫立一旁，若有所思。

华危楼诧异问：“死了……死了？”桑书云点点头。华危楼兀自喃喃道：“死了……死了？”陡然间捶胸大呼道：“我不相信！我不相信！！我不相信！！！”

声音嘶哑欲裂。桑书云深深地看着他，只见他在狂风中呼吼，以手击胸，桑书云渐渐流露出了然的眼色。

华危楼呼吼了一阵，遽然止声，用手一戟，向桑书云厉声喝道："你便是伊小深的丈夫！伊小深竟是嫁了给你？"桑书云平静地颔首，眼中已有了怜悯同情之色，讵知华危楼桀骜不驯，不得伊小深青睐为他平生首恨之事，见桑书云脸有同情之色，更是愤怒，喝道："你……伊小深最珍爱之物，可有送了给你？！"桑书云听得茫然，双肩一扬，问道："什么珍爱之物？"

华危楼一听，仰天长笑起来，声声淬厉，震得满山回响，笑得甚是欢畅。桑书云不明所以，却见华危楼指着桑书云大笑道："她爱的不是你……她爱的也不是你……"桑书云茫然，蹬蹬蹬退了几步。华危楼忽然转笑为悲，哭道："她……她又几时爱过我了？"说着不禁撕裂衣襟，状若疯狂。

桑书云在惘然中，忽觉手肘有人轻轻一触，他乍然一醒，只听宋雪宜低声疾道：

"这狂魔武功忒也厉害，趁他浑噩扰攘时出手，可绝后患。"桑书云只觉一股淡淡的幽香传入鼻来，知是宋雪宜，他敛定心神，点头表示赞同，但又觉此举非好汉所为，一时迟疑未决。

华危楼何等机灵，见宋雪宜向桑书云耳语，蓦地一醒：自己擅摄人心魄，而今因闻伊小深之死，难以自已，莫要给人所趁才好，当下容貌令人畏怖，喝道："好！让我先宰了你这小子，报我二十年来见不着伊小深之仇！"

说着狂吼扑上，一拳击出！这一拳如同雷震，虽然隔空七尺余，但一股震破内家真气的大威力，迎面攻到，无可遮拦！

桑书云见对方已先行出手，他五指一拂，五缕指风，袭入拳风之中。两道犀利霸道的劲气会师，"咯勒勒"一阵连响，沙尘飞扬，华危楼吸一口气，再打一拳，又吸了一口气，再打一拳。

指拳相交，桑书云凭着专破内外家真气的“长空神指”，截断了拳劲，但华危楼的“轰天拳”，一拳方休，一拳又至，体力真力，像用不完似的，每一拳击出，震荡空气，发出了“砰”的一声。

只听“砰砰”之声不绝于耳，桑书云的身形冷若御风、蹁跹不定，但始终不能挣脱如山拳影之困。

宋雪宜见桑书云遇险，也持“白玉剑”加入战团。宋雪宜灵巧杂学，善于融会贯通，桑书云凌厉剽捷，惊蛇走龙，两人房谋杜断，配合无间，俄顷将劣势扳回。

惟是华危楼的“轰天拳”，直如雷震轰轰，初不觉如何，后压力愈大，华危楼倏出两三拳，击在空中，却没声息，两人心中奇怪，当下更小心起来。华危楼忽然抢身出击，宋雪宜猛被迫退了两步，忽听“轰”的一声，未见华危楼出拳，背后已吃了一记重击，喉头一甜，几欲吐血。

原来华危楼的“轰天拳”的功力，已臻化境，每一拳击出，不仅开山碎石，而且还能在空间中凝聚力道而不发，待敌人撞了上去，才告迸发，这样虽拳劲久蓄下稍减，但每一拳击出，都等于在空气中伏下陷阱，任你武功再高，都逃不出他的“拳网”下。

如此宋雪宜着了一拳。桑书云长身相护她，但华危楼所伏下的“轰天拳”，无处不在，等于一个一个无形的敌手，手持利刃伺伏，撞上去就只有死路一条。如此斗将下去，桑书云不意“砰”的一声，如撞在一面铁墙上，胸腹间又着了无形的拳劲。

桑书云跌跌撞撞，走出三步，华危楼又飞拳过来，宋雪宜提剑来救，一招“玉石俱焚”发了出去，华危楼再艺高胆大，也不敢对这“天下最佳攻招”直撄其锋，只好稍退，桑书云和宋雪宜虽左盘右蹙，但仍勉力周旋，彼此互救，联手斗敌。

到得了后来，两人性命，反不觉重要，而要维护对方为要，华危楼天性凉薄，生平只爱伊小深一人，又不得其芳心，恼恨厌憎，大乖人情，见两人如此相顾，妒恨入骨，狂啸出手，更不容情。

就在这时，两条人影，夹着厉啸，冲了上来。这两人甚是高大，端庄自持，而女的居然比男的还高了一个头。华危楼一见，心里有了计较，冷笑道：“你们要倚多为胜么？来来来，看老子把你打得肋骨断成七八十截！”

宋雪宜生恐天象和雪峰二人贡高自慢，不屑联手，为“倚天叟”逐个击破，得其所哉，当下嗔目叱之：“杀你这等通敌卖国、狼子野心的卑鄙小人，自然无须讲江湖道义，来呀，咱们纵身齐上！”

当下第一个上前力拼。华危楼拳功犀利，未几即可将宋雪宜击倒，但桑书云、天象、雪峰三人，哪里肯让宋雪宜一人吃亏，双掌十指一剑，交织如网，华危楼顿处下风。

便在这时，只听“嘿嘿”一声，一人，翼如鹰枭，盘旋而下，加入了战团，正是大风道人！

第拾回 悬空寺的钟声

雪峰神尼却神色自若，回首遥指，道：“那便是悬空寺。”只见斜对崖三十来丈处，山巅险处，建有一所宛似凭空飞来的庙庵，这时夕照西斜，映照得好不苍凉……

大风道人一加入战团，局势立易，华危楼重新对付桑书云和宋雪宜，两人渐感不支；大风与天象、雪峰，同列三正，但武功得自“血雾纷飞”曹大悲真传，天象、雪峰二人联手，尚非其敌。

“倚天叟”华危楼的“轰天拳”，由“砰砰”之声，改成“嘭嘭”之声，走势更急，每出一拳，就算不中，都等于布下了一道闷雷。桑书云、宋雪宜指剑交互为用，都没法制衡这种凌厉的拳法。

大风“嘣”地与天象对了一掌，两人俱是一震，大风只觉双掌犹如火蒸炭焙，大象只觉一道阴寒之气，自指掌袭入。大风心知天象内力浑厚，自己功力虽高于天象，亦不可力取。这时雪峰神尼“天河剑法”一展，一招“披襟挡风”攻到。

大风道人不管招架、跳避，都将受这一路剑法所制，若跃起或退却，天象必然追击。但大风却自曹大悲余骸取得一对薄翼，在这千钧一发之际飞掠而起，劣势顿去，大风道人反而居高临下，两道血蒙蒙的劲气，迎头罩落，正是当日“幽冥血奴”著名称雄的“化血奇功”。

大风道人双掌一落，天象怕雪峰接拆不住，双掌一抬，“龙象般若神功”十六层劲尽皆推出，真气沛然不可复御。两道一正一邪功力甫接，忽然飞起一道白光，直夺大风道人“肩井穴”！

大风左手一起，宛若磁石，竟将雪峰神尼剑尖挟住；雪峰神尼运力一抽，却抽不回来，原来大风运起“吸髓大法”，牢牢吸住剑尖，只听大风嘻笑道：“师太何需躁急，既给贫道夹住，急也急不得来。”言下狎侮至极。天象发出一声惊天动地的大吼，左“龙”右“象”，两道白茫茫罡气，直激向大风道人“天仓”“合谷”二穴！

大风以一手抵住天象双掌，只见天象大师头顶白雾腾腾，宛似蒸笼一般，大风道人却全身发红，红光映动，甚是狰狞可怖，雪峰神尼脸色煞白，现下已不抽剑，反将剑向前扎去，要把大风扎个透明窟窿，但大风道人双指稳若磐石，雪峰神尼的剑多伸展半分也难。

“三正”互相拼斗，僧道尼三人各全力以赴。

这时三人僵持，天象见相持不下，憬然忆及严苍茫。他跟严苍茫先后数战，知严苍茫素来刁钻古怪，若遇此等场面，定能出奇招异技，杀伤对方；可惜严苍茫痴呆之际，已死于自己掌下，一念及此，意兴萧索，顿觉罪孽深重，自己万死莫赎。

雪峰神尼却想起方歌吟。她与方歌吟交手两百招，而在“七寒谷”中，眼见方歌吟东援西拯，剑法凌厉，如有方歌吟相助，则可稳胜大风，但这人先为自己所伤，不久前却曾救了自己，而今下落不明，直是天妒英才，想来不觉黯然。

大风道人却是一心一意要杀二人，倾尽全力，雪峰和天象二人，已堪堪要败。

桑书云和宋雪宜的情况，当然更加严重，华危楼的“轰天拳”，阵阵向桑书云招呼过去，他见桑书云、宋雪宜两人舍身相护，宛似见到昔日伊小深跟人要好，心中气苦，拳拳挥击。

桑书云勉力以长空神指抵御。宋雪宜心中却想起宋自雪，若宋自雪在，凭他踔厉敢死的脾性，三人联手，绝对是可以取得下华危楼的。桑书云虽指法高超，但对华危楼的纵横捭阖攻势，却压制不住。这一来心有所思，但觉冥冥中宋自雪在摇头叹息，心中悲酸，手下也慢了下来。

偏生就有那么巧，桑书云这时也忆起大漠仙掌车占风。大漠

仙掌的迂掌远击，正好可以克制轰天拳的滔滔巨劲；车占风与桑书云数十年交情，但车占风、旷湘霞夫妇已双双为奸人所害，连他们的一对女儿，自己也没能力庇护，被严一重杀了晶晶，想着想着，心中但觉怆然，“三正四奇”，所剩无几，一念及此，心灰意懒，战力稍戢，更屡遇奇险。

原来各人胡思乱想，多少都有受到华危楼的“慑魂迷心功”所影响。“倚天叟”的“慑魂迷心功”比曲凤不还自然高得多、比陈木诛也更胜一筹。他可不必发声，但凭目光招法，即可引对方思路走岔，神不守舍，方为自己所乘。

四人恍恍惚惚，眼见华危楼、大风道人就要得手之际，忽听一人在山下长啸，长啸甫起，已至山腰，华危楼脸色怫然一变，大风道人也知来了高手，只不知是敌是友。说时迟，那时快，那人已挟带长啸，扑上山头。

六人虽在战斗之中，俱睨目眄去，只见来人长挑身材，瘦骨嶙嶙，但神态自有一股气焰威势，也不知年纪多大，只知已上了相当年岁。那人一现，华危楼霍然色变。只见那人手持一根血槠打制的长棒，哈哈笑道：“华老，咱们又见面了。”

大风道人忽地一掌，打向那人背后。原来他见此人武功也非同小可，不如趁早先把他了结。这一掌偷偷劈出，待至那人背后不到半尺，摧势猝然加剧，眼见要把他打个血肉横飞。

天象大吼了一声：“小心！”雪峰也喝了一声：“偷袭！”两人在急难之中，心意都是相通的。那人呵呵回身，“砰”地与大风硬对了一掌，手掌赤红，只听他道：“你这老杂毛，学了我的武功，冒充我多时，而今又来暗算于我？”

倏然掠起，只听猎猎之声，竟也展开一对薄翼，向大风掠来。

大风道人此惊非同小可，适才与那人对了一掌，知自己还尚逊半筹，而今这人向自己来袭，不啻惹祸上身，当下挥动长臂，展翅欲逃。

唯那人仗着血翼，竟比大风道人还快，截住了他，又交了一掌，大风道人便落了下来，那人正欲追击，猛觉背后如滚雷轰至，忙回身接了一掌，“隆”的一声，他也落下地来。

背后夹击的人自是“倚天叟”华危楼。那人嘿嘿一笑，扬眉道：“华老，你的‘轰天拳’大有进境啊。”华危楼接了一掌，也觉血气翻腾，那人两度与大风对掌相恃在前，再接下自己一拳，竟仍占不了对方的便宜，心中也暗惶栗，却板着脸孔道：“老萧，你的‘飞血掌’也辛姜老而弥辣呀！”

这时大风道人惊魂稍定，“啊”的一声叫了出来，“你……你是萧萧天！”

那人一笑道：“对，我便是萧萧天。”

华危楼却怒吼一声，道：“萧萧天，二十五年前的那一场比斗，今日要分个高下！”

萧萧天淡淡一笑道：“你还记住当日的事？”

华危楼咆哮道：“没有你从中作梗，伊小深不至于离我而去！”

萧萧天没有答话，仰天长叹，有说不出的落寞孤峭之意。桑书云却禁不住惊问道：“伊小深，伊小深！你们是如何识得她的！”

萧萧天横目斜睨，道：“你问这来作甚？”

华危楼如打雷般喝了一声：“伊小深就是嫁了给此人！”

萧萧天如遭雷殛，打横走了三步，退一步，眼泪流了两行，再退一步，眼泪簌簌而下，颤声道：“你……你……”

桑书云辨形鉴貌，情知其中必有隐情，强抑心头激动，问：

“前辈是如何识得拙荆……”

萧萧天顷刻间已如形销骨立，半晌才道：“冤孽！冤孽！”

华危楼骤然一拳，“轰”地向桑书云劈面攻到，一面叱道：“既是冤孽，先杀这姘夫消口恶气吧！”

这一拳攻出，萧萧天衣袖一挽，卷住拳劲，边喝道：“不可以再作孽！”华危楼冷笑道：“好个‘化血奇功’！”又击了一拳，这次是向萧萧天当胸打到！

萧萧天举掌迎敌。桑书云呆得一呆，忽闻身边有所异动，原来大风道人想趁机遁逃，被宋雪宜发觉，天象、雪峰也各自出手拦截。桑书云是什么人物，稍一定神，即加入战团，合斗大风。

这一来，大风以一敌四，渐处下风。

华危楼跟萧萧天本是旧友，但因情海翻波，成了宿敌，华危楼深恨萧萧天入骨，恨不得掘其祖坟，吃其肝脏方休，出手自是毒辣！

华危楼每一拳击出，都震出倾山倒海的大威力，但萧萧天每发一掌，淡淡的血气一冲，竟将“轰天拳”的劲道卷消。华危楼“轰天拳”在空气间伏下的杀着无法发挥，萧萧天的“吸髓大法”却变幻莫测，随时夺其性命。华危楼久战不下，他自恃内功混一宇内，但却震惊于萧萧天将之消解于无形。

这时大风道人那边已然遇险，华危楼知久战无益，忽然“喀噔”一声，自怀里抽出十七八截铁棒来，快如闪电地迅速一驳拼凑合，即成为一支丈八长抢，黑漆如墨，“呼”地一挥，竟有擎天之势。

这就是华危楼“倚天三绝”中的“掀天枪”。

华危楼的“掀天枪”一动上手，声势夺人，虽有七人在打斗，但尽是他一人枪划长空之声。

萧萧天也不敢造次，手中长棒也“呼”地划出，纵横飞舞。只见两件长兵器，如心使臂，如臂使指，真如灵蛇一般迅捷，只听铁枪长棒破空风声大作，两人交手七八十招，尽为对方化解，两件兵器却由始至终未曾碰撞过一下。

两人步步抢攻，皆无虚招，打得一阵，华危楼的“掀天枪”更为就手，萧萧天逼退三步，华危楼倏然“霹雳”一声，一枪向大风道人的战团中戳去！

天象、雪峰、桑书云、宋雪宜四人，一心一意要诛灭大风道人，不料忽来此枪，枪尖直刺雪峰，枪锋反割宋雪宜，枪身横扫天象，枪眼点刺桑书云。

一刹那间，桑书云、天象、宋雪宜、雪峰都接下了这一招，华危楼大喝一声：

“走！”

绰枪掠扑而起。大风道人别的或许会慢人半步，说到逃亡，则向不落人之后，血翼一掠，回旋而起。天象、雪峰等要追，萧萧天疾喝：

“慢着！”

原来华危楼虽知若论兵器，可以占个上风，但徒手相搏，以及内功招式，则稍逊萧萧天，如此苦战下去，恐讨不着便宜，而且大风那儿，则眼看要一败涂地，便萌生遁逃之意。

萧萧天道：“你们不是有大批人马拦在恒山腰吗？”桑书云点点头称是，天象不服，反问道：“给那恶贼逃去，又不知何日才能逮着他了。”萧萧天道：“恒山脚已被大家封死，他们无处可遁，必须硬闯，那么以这两人武功之高，群雄死伤必巨，且迫虎跳墙，首尾不能相顾应，甚为不智。不如回去调集兵马，再包围悬空寺，才来得周延一些。”

桑书云道：“萧前辈所说甚是。”萧萧天道：“别叫我前辈，我少时作恶多端，好坏良窳，一凭己意，没资格当你前辈，何况我们年纪并不相差太远，无须叙尊卑之分。”斜眼睨去，只见雪峰神尼脸有悒色，当即了然，道：“贵派姊妹，死守恒山殿，我们事不宜迟，先去救恒山派的基业为重。”

雪峰神尼恍惚了一下，忽然问道：“昔日我们在……在笔架峰上所杀的人……不……不是你……”萧萧天一哂道：“当然不是我，是我师弟曹大悲，他冒我名头，也不知做了多少恶事。若是我，今个儿还活着在这里说话么？”

萧萧天一笑又道：“我少年时也做过不少坏事，后得萧秋水萧大侠晓以大义，才告改邪归正。我今之所以来恒山，是无意中碰见萧大侠当年的几个老兄弟，说要到恒山来阻止一件武林惨祸的发生，然后再要到峨嵋去会晤萧大侠。我几十年来，一直盼望能再见萧大侠一面，所以便偷偷跟了过来。那几人上了恒山，曾为贵派子弟把守恒山殿而出过大力，后混入人群之中，我便找他们不着，却见你们正在恶斗，所以赶上来竭尽绵力。”

雪峰神尼仍然神不守舍地道：“你是萧萧天，不是曹大悲……曹大悲是叫‘幽冥血奴’，‘幽冥血奴’不是你？……”这恍恍惚惚地说，连萧萧天都听糊涂了，天象更如丈二金刚，摸不着脑袋，插口道：“我们在笔架峰杀的，自不是这位萧兄了，若是萧兄，那今天岂不阴魂出现……”说着觉得不妥，连忙住口。桑书云知雪峰神尼有莫大隐忧，当即道：“咱们救人要紧，恒山派生死存亡，在呼吸之间，救人如救火，丝毫延误不得。”雪峰神尼一听，如梦初醒，忙道："是。"

五人冲下山来，辛深巷、梅醒非见帮主无恙归来，自是欢喜。桑书云立即整顿兵马，浩浩荡荡，援助恒山派，另发探哨，打听"悬空寺"的动静。桑小娥默祷平安，见父亲安然归来，她生性天真烂漫，觉得方郎也定然不会遭遇到什么凶险，越发放心。

方歌吟此刻虽不是遇上什么凶险之事，但他正默运神功，要冲出急流漩涡去。

那龙门急流至此，卷旋不已，方歌吟此刻已学得卫悲回的武功，将"解牛刀"贴身而缚，"游刃箭"及弓背于背上，"余地鞭"缠于腰间，一切就绪后，便运功往水面硬突。

才入水中，急流自左右相反方向卷至，方歌吟以神功苦苦抵受，只求速冒水面，唯又一道劲流涌至，方歌吟不禁被灌了几口水，眼看就要随波逐流而去，他急忙运起"血河派"的"龙门神功"，一时无限酣畅，血脉得通，他借水力回到原处，大口气大口气喘息一阵，心中忖道：难怪卫前辈说非练成武功不可，才能出得此地，如自己未修习即欲脱离此地，早为漩涡卷走，准死无疑。

这次惊险得脱，方歌吟虽心急要知道"忘忧林"战役结果如何，但却不得不提高警惕，认真修习"血河派"的武功，才敢再闯出龙门急流。

过了两天，他再也憋不住，又投身入漩涡底再试，却依然被一股天然巨力，卷噬得几乎身裂数截，方歌吟幸得神功，侥幸挣脱，也几乎为之脱力。方歌吟休息得一回，奋勇再试，这次将"血河派"的"龙门神功"借水力之翻腾催动，只觉人与急流融合为一，几乎没有遇到什么阻力，惊喜之间，真气一泄，几乎丧身河底。

方歌吟再试的时候，反而不能似上次的称心如意，一遇急流冲击上升之力则窒，或元气虽淋漓真气却奔荡阻滞。如此试了五六次，差点没丢了命，人也如同虚脱，只好息鼓停兵，睡梦中犹自梦见如何与龙门急流对搏拼战，终于能跃龙门……

一觉醒来，方歌吟急不欲待，再图硬闯，却不知他的武功实力，便在这跟自然力量的对抗中，慢慢汲取了自然的潜力，功力渐渐稳实、精炼、沉厚、贯通、圆熟乃至生巧了起来。

众人上得了素女峰，只见峰下横七竖八，东倒西歪，死了三四十个女尼，更令人发指的是，有部分还遭奸杀，不堪入目。

诸侠自是恨得咬牙切齿。雪峰神尼眼见一生基业，一派精锐，糟蹋如此，心中恨到极点，全身都微微发抖。

众人一路赶上了素女峰，素女峰上，有绵亘三四十座庵庙，正中一座，便是主殿，也是恒山派的实力所在，雪峰神尼见殿内外尚完好无恙，心中稍慰，挺剑便往前掠去。

辛深巷叫道："不可……"雪峰神尼急于探个究竟，也没理会。恒山派弟子，见掌门出动，归"家"心切，也纷纷掠出。另外一些江湖豪客，性较鲁莽，也不理会桑书云的号令，也冲过去探个究竟。有的却旨在凑热闹，情知此地百年来从无男子踏入一步，争得个第一个踏入之人，便也光荣，所以也一窝蜂过去探窥。

这时只见恒山殿各路出入口，尤其是屋檐檐瓦，有不少女尼在把守，这些女尼显然困守数日，精神萎丧，浑身浴血，见掌门师伯赶至，自是欢呼大叫，但神容情急，有的还猛挥摆手。雪峰神尼急迫之下，也没弄清楚她们在说些什么，只想快快回到殿里去，将狗贼杀个精光，在师祖面前自刎谢罪。

眼看离恒山殿尚有二三十丈，忽然杀声大震，四周奇石怪岩中，竟拥出无数敌人，乱箭飞蝗，如雨射至，登时有十七八人被暗器打死，伤者不计其数。

雪峰神尼拨箭应敌，却嗅到一种异味，乍见足底，尽是湿漉漉的黑油，雪峰神尼待叫了一声："不好！"话未说毕，七八人收足不住，骨碌骨碌地摔倒，却见一名敌人扔来了一支火把，火焰直向地上落去。

雪峰神尼情知自己等人已然中伏，愧不听辛深巷喝止，脚下是易燃之物，一旦着火，则众人尽陷火海，难有生路，她轻功极好，当即如燕子贴地飞掠而去，用手一抄，已抄住火把。

但敌人继续将火把投来，只见雪峰神尼东一晃、西一窜，双手竟把不同时扔来的十数支火把，一一接住，接到后来，分手不开，便用火把夹住火把。敌人见火把尽皆被接，便用火箭射来。

这火箭可不似火把易接，一个接得不好，即要给箭镞射个血洞窟窿，雪峰神尼接得数支，忽有一箭，射向琼一，琼一闪躲不了，雪峰神尼赶忙捉住，但这稍为分神，七八支箭，已射落地面，"呼"的一声，极盛而蓝的火焰"哗"地铺展了开来。

这时诸人靠得雪峰神尼一阻，大部分人已冲过了黑油火池，少部分人困身火海之中，地上都铺满了燃油，被烧得惨号不已。雪峰神尼抖擞神威，刚要冲出火海，箭如雨下，她一面拨箭，一面听得恒山子弟惨呼哀号，已过火线的，也遭伏兵围杀，气急之下，竟未注意到一个白袍人悄悄掩近，一掌向她脑后拍来。

就在这时，"砰"的一声，天象大师一人与那白袍人及时对了一掌。那白袍人正是陈木诛，眼见有机可乘，用"闭门造车功"

的一招“固步自封”，要暗算雪峰神尼，讵料天象大师见雪峰神尼遇险，早不理一切，随后奔至，及时架住一掌。陈木诛的掌功怎及得上元气淋漓的天象，立时便被他震飞出去。

天象大师大步踏来，见雪峰神尼眼神散乱，挥剑胡乱斫杀，急忙挽住雪峰神尼的臂膀，这时雪峰神尼所带出来的弟子，伤亡近半，一齐冲入阵中的，死伤了五六十人。清一虽然性情善良荏弱，毕竟是恒山首席大弟子，一见此情形，趋近雪峰神尼道：“师父。”

雪峰神尼一面拯救受伤的子弟，一面应：“什么事？”清一疾道：“撤离此地，速聚殿中，与派中主力会集，才是上策，否则背腹受敌，难有生机。”雪峰神尼一愣，她没料到这素来柔顺和善的大弟子，竟在此危急间如此调度有法，当下厉声喝道：“攻向主殿！”

众人正六神无主，各自为战，与伏兵苦斗不已，经雪峰神尼这一长声锐叱，竟压镇住了沓声杂响，人人齐心一志，向主殿冲去。

这时主殿死守的恒山子弟，也抵死来救。辛深巷令梅醒非带一彪人马，直扑阵中，伯金童伯二将军、召小秀召定侯，也各带二路人马，包抄战场，两方交战起来，雪峰神尼终于带着残部四五十人，夺下了恒山派的主殿。

镇守殿门的子弟，一见掌门归来，尽皆哭倒或跪拜。雪峰神尼在恒山一脉中，端庄自持，行止端方，严厉秉正，同门或子弟，对之莫不恭谨敬服。雪峰这下带兵回庵，七八名同门尽皆哭倒相迎。

只见这七八人，衣衫破裂污损，显然都经久战，雪峰惊问：“登峰呢？幽峰呢？还有天峰、霜峰呢？……”一名老尼惨然摇首道：“她们都英勇殉身……”一名较年轻的女尼登时哭了：“掌门师姊，贼子围了我们整整十一天，我们已有四天没有进食了……”

一名铁脸女尼道：“你回来了，就好了……”遽然住口，目光如电扫来。原来她瞥见天象竟兀自拉着雪峰神尼的手不放，心中厌憎，住口不语。原来恒山派的女尼，谨守派规，对男子莫不憎恶，见掌门人公然如此放肆，虽不敢遽说其非，但脸色已抑遏不住，大大不善起来。这女尼是恒山派的掌刑，名叫秀峰，为人公正不阿，一见这种情景，心里很不谅解。

雪峰竟似懵然未知，问道：“内殿有无遭贼子毁坏？”要知内殿乃是恒山祖师灵柩藏地，绝不可以损毁。那较年轻的雀斑女尼叫月峰，她答：“幸好还能保住这处重地，九华师姊就殉难在该处。”说着还不住用眼睛瞄向天象大师。

雪峰神尼一笑，轻轻挣脱天象的手，道：“这位是少林掌门，天象大师。”天象合十唱喏为礼，有的人躬身裣衽行礼，有的念了一声佛号便了，大部分人都不还礼，冷冷忖道：我道是谁，原来是大有来头的人物少林方丈，难怪如此明目张胆了。

秀峰板着脸孔道：“寺有寺规，庵有庵律，纵是少林方丈，这儿是恒山重地，岂可容许男子出入？！”天象脸色一涩，他拙于言词，也不知如何对应是好。雪峰神尼道：“现今恒山有难，只好从权，现下江湖三山五岳，四面八方，各路豪杰都拥到，他们一腔侠胆琴心上来，总不成让他们在山下吃个闭门羹。”

秀峰“嘿嘿”笑了两声，道：“祖师遗训，不可稍更，何况未经众姊妹同意，便一意孤行，是叛宗灭教的行为，罪无可逭，我倒要看看由谁担待。”清一见师父可能受难，即挺身而出道：“救人要紧，事急马行田，又哪来时间众议了。众长辈在山上，师父在山下，一心率众救人，又如何跟诸位师叔师伯们先做议断呢？”

秀峰也自知无理，仍重重地"哼"了一声，悻悻地道："纵然如此，祖训不可违，先例不可开，有违者，就算掌门，也一样要有交代。"雪峰神尼走前一步，秀峰脸色大变，退了一步。原来平日雪峰神尼甚是威严，谁敢如此面斥于他，令其丧尽脸面？雪峰积威已久，令一向凌厉过人的秀峰，也不禁退了一步，其他的师姊妹，也各退了几步。雪峰却心平气和，伸手向秀峰肩膀拍了拍。

秀峰以为掌门师姊要用什么毒辣手段对付自己，她情知绝不是雪峰对手，当下直着嗓子，要趁未被击杀前说出来："你触犯门规，理应五刀穿身，十指齐削……"说到此处，忽然发觉雪峰在自己肩膊轻拍，并未用力，她曾受雪峰熏陶已久，平日对这掌门师姊只有恭从，而今却如此逆她，竟不敢正目对视。

雪峰神尼一笑，道："四师妹，冤有头，债有主，这事我自会向你交代，你莫激动。"闪身入殿。这时陈木诛所布下的伏兵，多被"长空帮""恨天教"以及群侠所毁，陈木诛等兵败，无路豖逃，只好逃回"悬空寺"去，而"悬空寺"就是素女峰恒山殿的对崖，约莫三十余丈之遥的一个山坳缺口。

天象见雪峰入内，也不知跟进去好，还是不跟进去好，只觉那群尼姑纷纷以冷冷的眼神盯在他光头上，这比对他大加讥弹更难堪，只觉头上有如千百度冷电般的刺芒，真是不知如何是好。幸好人群已经拥来，恒山派的子弟当然不便阻拦，就算阻拦也拦阻不住，只好瞪目任由他们进去。这群江湖豪客中，不少是浪子闲徒，能上素女峰，更进恒山殿，是平生一大奇行，不禁对那些恒山子弟，低声评头论足，以美丑样貌打起分数来，高声爆笑作哨，倒气得素重宁静庄严的恒山派老一辈的尼姑们怫然变色；年轻一辈的女尼，见此热闹场面，倒是好奇，三五成群，叽叽呱呱，也是窃窃私语，也评鉴起这些古怪男子起来，如此更气得恒山老尼们鼻子都白了，不知当着神明菩萨面前暗中咒骂了多少遍、多少回。

雪峰神尼却神色自若，回首遥指，道："那便是悬空寺。"只见斜对崖三十来丈处，山巅险处，建有一所宛似凭空飞来的庙庵，这时夕照西斜，映照得好不苍凉，雪峰神尼道："那原本是座清静的寺庙，却不知从几时起，为恶贼所蟠踞，好好一座寺，都给糟蹋了。"

这时桑书云、宋雪宜等都到了殿前，随指望去，只觉悬空寺外观闲寂清幽，在险峻石壁间令人叹为观止。辛深巷、梅醒非等私语商议如何攻陷悬空寺，但碍于形势，的确是处易守难攻之地，辛、梅二人脸上都显凝重神色。

雪峰神尼为众人引路而入，恒山派残存的长门女尼，一脸悻色，鱼贯而入，天象大师仍尴尬不已，进也不是，不进也不是，只听雪峰神尼唤道："大师，请。"这在天象耳中听来，无异玉旨纶音，他做梦也没料到雪峰神尼竟当众对他那么好，当即大步跟了进去，不理众尼们怒目以视的眼神。

桑小娥则是第三遭来到此地。头一回乃在她幼时，妈妈带她来看九劫神尼，当时她母亲也有出尘之想，但因舍不得她，便没留下来。这碧落红尘、虔诚清修的意念，却移注在她童稚的心灵里，抹拭不去。所以她遭方歌吟拒绝时，哭奔恒山，便作剃度之抉，但终究为方歌吟舍命相阻，第二次来的时候可谓伤心得肝肠摧折。而今第三遭来，一颗心儿，也牵系在方歌吟的身上。

只是方歌吟他在哪里？悬空寺空空的钟声，隔山对崖，悠悠传来。

第壹壹回 悬空寺的对面

这时滚滚浊流，东流而去。冷月当空，万里荒烟，悠悠历史，荡荡版图，方歌吟忽激灵灵地打了个冷战，只觉人生在世，不过沧海一粟……

方歌吟犹在洞中，不断要突破那水流的逆力。他在激流的冲涤下，数次险遭没顶，但都仗着自身所发的绝大内力，借势折回洞中，得以幸存。

渐渐地他学会将己身体内的大力，与流水中的无形巨力，融合一起，有几次几乎能突破而出水面，但终因未谙水性流变而旋入狂雨骤飙般的深潭中。

方歌吟又努力了几次，一次比一次接近突破，他的精神体力，愈觉充沛无限，畅愉无尽。方歌吟急于出困，屡次试闯，却不知自己功力，亦因此随而增递。他在龙门急流之中修成“龙门神功”，与他日白衣方振眉在龙门急流上独创神功，意态上、境界上竟不谋而合。

这回他再下水，已是深夜，他仗着月光荡漾粼粼波光，数度冲突，正在使力对抗急流中的逆转，突而气海一塞，巨流分四五处夹卷而至，几令他生生涨爆窒死。他急摧内力，胸肺竟欲挣裂，情急之下，将任狂所授的“一气贯日月”，自四肢百体中反激而出，一时间，喉头的廉泉穴，自天突、璇玑、华盖、紫宫、中庭数穴一气而通，息关大开，功力出入气海腹中，而产生大元气、大无畏、大威力，夹杂激流穿山碎石之势，“呼”的一声，冲破水面而起，竟有一十五丈余高，方歌吟不禁“啊呀”地一叫。

如有人在黄土高原上下望，月光下只见一人湿漉漉地忽自水底掠起，又扎手扎足地怪叫着掉落下去，必定震讶无已。

方歌吟自己不知内息已充沛一至于斯，全力冲击下，竟脱离水面如此之高，一时收势不住，又没头没脑地落下漩涡里去。他一方面不谙水性，全仗闭息运潜内力以抗，另一方面水里的浮力与空气中的压力不一，他一时无法适应，只好又落回漩涡中去。

惟方歌吟的“龙门神功”，已经练成，再落下水去，也应付得来，再折腾了半夜，终于游离了急流，又到了天亮，才溯水到了岸上，不住喘息。能站立得起来时，第一件事，便面向急流漩涡恭恭敬敬地叩了三个响头，心中默念道：“卫老前辈，我受了你的绝世武功，铭感肺俯，没齿难忘，如有报答的，只有重振血河派的声望，不让血河派绝学，蒙尘沾垢，以谢前辈厚恩。”他感念恩师祝幽，故对师伯宋自雪、“武林狐子”任狂、“血踪万里”卫悲回等，皆不以师父相称。

这时滚滚浊流，东流而去。冷月当空，万里荒烟，悠悠历史，荡荡版图，方歌吟忽激灵灵地打了个冷战，只觉人生在世，不过沧海一粟，只不过是荒漠的黄土高原的晚上有人出来看皓月千里、江水荡荡而已。

这时辛深巷已商议出结果：“晚上奇袭悬空寺。”梅醒非素以辛深巷马首是瞻，自是同意。那边厢儿萧萧天和桑书云正聊了起来。萧萧天问起伊小深的事，桑书云照实相告，知道自己结识伊小深乃在后，因衷心爱她，也不追问她先前的底细，只知晓每逢她若有所思，桑书云偶尔相询，她总是支吾过去。桑书云知爱妻不想重提旧事，他全心爱她，便也就不提过去种种。

后来伊小深产下女婴，即是桑小娥，桑书云参与围歼血河派之役，大捷而归，伊小深乘马来迎，说起战役，桑书云笑说：“血河派已灭。”伊小深又问起卫悲回，桑书云道：“听说已给大侠萧秋水打下龙门，可惜没缘亲见。”伊小深一听，自鞍缰跌下，因产后体虚，竟终告不治。

桑书云为此事哀伤莫已，耿耿长恨，抱憾迄今。伊小深临死前向桑书云道："我对不住你……"又呼唤"江南"数声而殁，更令桑书云百思不得其解。

萧萧天听了之后，仰天长叹道："桑帮主确有所不知，小深原本跟其义兄唐洁之结拜，后唐洁之为人所杀，萧大侠代之复仇，她便忠心跟随萧大侠，但萧大侠因唐方姑娘之事而肝肠寸断，孑身飘零，小深便为华山派的人伏击，后为卫悲回师兄所救。那时我和华危楼，都对小深暗蕴深情，说来真惭愧，还为此大打了一场，这是很多年前的事了。我跟华危楼的怨隙，便由此而生。后来才知道，小深钟意的是卫师兄，唯卫师兄乃当时武林中眼中钉、江湖上肉中刺，卫师兄他便不敢和小深在一起，免其受连累……"

"可笑当时我俩尚不自知，苦苦追求，情结越深，小深芳心早有所属。后来小深不想我们愈陷愈深，便说：'我有三件心爱事物，若我喜欢谁，便送给了他。'那三件事物，落在谁手里，我们始终不知……但终究未送给我们。伊小深这一着是要我们知难而退，只是情关难渡，我们还是不堪自拔……"萧萧天说到这里，苦笑一声，颔下黄须，飘晃起来。

桑书云本待问他那三件是什么事物，但又怕自己所无，有点不敢面对这个答案，便讪讪然不敢问。

萧萧天继续说了下去："卫师兄惊才羡艳，名震江湖，年纪轻轻，已武功盖世，他生平有七好：好功、好名，好文、好武、好斗、好色、好结交天下英豪。只是天下英雄妒之嫉之的多，愿与真诚相待者恐无几人。他与小深，咳咳，不瞒桑帮主说，当时男才女貌，正是天生一对，但卫师兄年轻得志，跳荡任性，傲睨万物，卓荦不凡，不但武艺超凡入圣，连文章尺牍，也词采斐然，对男女间事，当然难以做到德行无亏。他含英咀华，跟许多女子皆有往来，伊小深却莫可孰忍，怫然离开了他。……”萧萧天说到这里，长叹了一声，黯然道：“那时我们都有私心，以为小深不理大师兄，便可能归依自己，岂料小深一去无踪……其实我们都知道，大师兄最深爱小深，他对其他所有女子，只是逢场作戏，而且他才情漪软盛哉，不可遏抑，刚强侠烈，如飘飙骤雨，精力奇强，元气淋漓，并世俊彦，难相比拟；而他又不想牵累小深，大欲无可宣泄，才致如此沉耽于荒淫之中。……小深走后，他一天跑来找我喝酒，那是与萧大侠决战前夕，醉后他掀开衣襟给我看，只见他胸膛尽是一刀一刀的伤痕，有的犹在淌血……”宋雪宜在一旁不禁“啊”了一声，因为她想起昔日斩杀宋自雪的情况，为这番话所激起了心里的畏怖。

萧萧天继续说：“我道大师兄武功高绝，何致伤重于此？细问之下，才知道卫师兄在小深走后，念兹在兹，无时能忘，便日砍一刀，在身上心上，才能消解眷恋之情。他既不敢留住小深，又怕名声不好，羁绊小深，反而累了她，直到如今，小深不再原谅于他，他只求速死。那时大师兄，与萧大侠决斗在即，他已心丧欲死，我觉得大大不妙，果然大师兄一去不复返，据说萧大侠失手将大师兄打下龙门，也甚懊丧，从此不出江湖……唉，卫师兄和萧大侠英雄一世，霸业王图，却还勘不破啊！”

桑书云却不知伊小深有过这么一段经历。如此听来，残霞霭霭，暗香浮动，只觉得恍惚间什么都不真切起来，心里有些莫名的伤悲、些微的失意、少许的辛酸，又宛似打碎了什么心爱的事物般的，好不神伤；却见在旁的宋雪宜盈盈地望着自己，笑靥甜蜜蜜的，却不可方物。宋雪宜忽然发现桑书云望向自己来，脸上一热，急忙偏过头去，假作不见。

他们如此谈着，便未及注意到雪峰神尼那儿发生什么事。雪峰神尼等一行人到了一处帐幔，只见淡烟袅袅，供奉着许多灵位，旁柜摆有许多陈旧的文献，以及法衣、法器等，还有五把精光寒厉的短刀，一柄金光闪闪的小剑——

雪峰神尼跪了下来，默念有词，众人知她在向历代掌门师祖参祷，却见她神色端然，长身站起，向恒山派主掌司职的师妹道："召集全派子弟于此。"她说话自有一股威严，司职的师太不敢有逆，速即召集众子弟在大殿集合。恒山派虽都是女弟子，但格训甚严，各人一旦集合，立即归队站好，鸦雀无声。群豪不知恒山派在摆什么阵仗搞什么鬼，心里嘀咕；众尼也不知掌门人要什么名堂，心里纳闷。

雪峰神尼见恒山女弟子列队而立，泰半队伍，皆疏疏落落，间隔甚多，知无数弟子因此役而牺牲，心中不禁一酸，强自忍住伤悲，端然道："秀峰。"

秀峰师太应道："在。"雪峰淡然道："此刻江湖沸腾，浩劫方临，恒山也难幸免于难，今日我带诸侠上山，也莫非澄清江湖，共剪群魔而已。"秀峰不明所以，只得答道："是。"

雪峰又道："只是凡破敝派规矩，带男子上山者，应遭何罚？"秀峰一颤，道："这……"雪峰即道："但说无妨。"

秀峰是掌刑师太，对派中惩罚，自是了然，当下道："要五刀追魂，十指离心。"雪峰追问道："什么是'五刀追魂''十指离心'？"秀峰又是一愕，稍停才道："'五刀追魂'是以法刀穿心、肝、肺、脏、胃，'十指离心'是以神剑斩断腕。"

雪峰道："好，很好。"众下不明所以，雪峰忽然朗声道："王子犯法，与庶民同罪，当掌门的也是一样，恒山派的规矩，要用恒山掌门的鲜血来洗，才能重新修正。”说到此处，大声道：“秀峰，刀来！”

秀峰一愕，众下相顾骇然。雪峰一探手，已将法刀抢了过来，手腕一翻，“噗”的一声，一柄法刀，已没入她胸前。

这下发生得十分之快，电光石火间，刀已没至把手。众下一阵惊呼，天象抢步上前，雪峰皓腕一翻，又是一刀，插入左胁，天象大喝：“不可——”雪峰凄然摇首，道：“你莫要毁我修行。”这一声宛若焦雷，只听悬空寺又传来钟声，天象大师呆立当堂，雪峰又皓腕一转，“哧”又插入一刀。

这时桑书云、宋雪宜、萧萧天方才赶了过来，雪峰已插入到第四刀，桑书云要待出手，宋雪宜一把挽住，摇首沉声道：“没救了。”桑书云当即了然，雪峰已然没活命的希望，不如索性让她完成心愿，才算死得其所，死有所获。

这时雪峰倒转第五把法刀，照准自己心窝插去，对崖钟声大响，轰轰传来，众尼尽皆跪倒，雪峰端坐依然，神色安详，但月白长袍，尽皆鲜血，缓缓渗出。天象“噗”地跪倒，痛苦莫能自抑。

桑书云怕天象有事，即过去相扶。只听雪峰悠悠道：“从今后素女峰不准男子上山规矩，已由贫道的鲜血所洗清。……掌门大位，将由清一接掌……”只听清一悲叫道：“师父！”扑将过去，痛哭起来，雪峰一手搂住，轻轻抚慰。

原来恒山派规矩，掌门之位，向由掌门大弟子接掌，在派中视为理所当然，清一年纪虽小，但甚受人爱惜，也没人感到不服，只是不知其中规则的豪客，也不禁咋舌称奇。

雪峰轻轻拍清一的肩膀，道：“孩子，乖。”清一哭道：“师父，师父。”雪峰道：“乖，不要哭，不要哭了。”清一仍是哭道：“师父，您不要死，您不要死。”雪峰皱眉却笑道：“可有见过号啕大哭的掌门人吗？”清一悲泣道：“我不要做掌门人，我不要当掌门人，我只要师父。”

雪峰往秀峰处望来，秀峰自是会意，她原先对掌门师姊的妒意，早已点滴全无，当下搀扶住清一，轻轻道：“掌门师侄，你且起来，快起来。”清一揪住雪峰衣角不放，哭道：“我一起来，师父就要死了。”秀峰叹道：“你起来再说。”清一仍然不肯：“我不起。”雪峰轻轻叹了一声，挥点了清一穴道。

秀峰贴近在清一耳边说：“让你师父完成心愿罢。”清一穴道被点，浑身软麻，但心智清楚，却无法相救。秀峰说到后来，也为之哽咽，在派里她一向跟掌门师姊情感笃厚，对派中刑罚犒赏，两人同心同意，常为人所误解，暗骂两尼佛口蛇心，但唯她们师姊妹二人最能将恒山一派的一群女弟子，处理得纪律严明，井然有序。

——而今掌门师姊，却要先自己而去了，而自己还在她死前，毫无忌惮地出言顶撞于她。

却见雪峰神尼神色自若，右剑一挥，左手五指俱断，将口一衔，以皓齿咬住剑柄，打横一划，短剑锋利无匹，右手齐腕断落，众人又是一声惊呼。

这时“咯当”一声，金光灿灿的短剑，自雪峰口中跌落地上。雪峰神尼微笑张目，这时五柄短刃，俱没入她胸腹之中。只见她双目神光湛然，端视天象，道：“大师，贫尼先行一步了。”天象大师全身骨节，咯咯发抖，终于似出尽了力道似的，向雪峰神尼合十一拜，雪峰也没回礼，却微笑闭上了双目。

这时悬空寺处钟声更响，秀峰过去察视，跪拜于地，道："神尼圆寂了。"一时众尼皆伏拜，部分群豪，也敬雪峰义烈，跪倒参拜。

这时众尼皆抑悲低诵经文超度，回想雪峰神尼虽诨号"脸慈心冷"，但对恒山子弟，无论衣食住行、敦品励志，皆恪尽职守，无微不至，心感其恩，都垂泪不已。

桑书云心中，却甚哀怆。他歉仄愧疚，若自己不是顾着跟萧萧天话说当年，薄物细故，也不致如此挽救不及，因而耿耿抱恨。他做梦都没有想到冷傲如梅的雪峰神尼，今番竟也想拧了起来，竟择在如此要当关头以身殉道。在空空钟声中，他顿觉"三正四奇"，当日何等威风，今日何等寥落，而"四奇"当中，宋自雪早死，车占风遇害，严苍茫也死了，皆死于世间种种痴情执着，不禁惘然。

萧萧天在旁叹道："佛道中人，舍身喂狮虎，度千万众生自入炼狱者，在所多有，大师节哀。"他语中劝谕的是天象大师。

天象大师不言不动，嘴角的血却不住淌下，已染红了一地，点点滴滴，几日来他受的内伤都似一齐发作，但却一声不吭。此际"三正四奇"中，三个叱咤风云、不可一世的正派人物，也仅剩下他一人了。他闻萧萧天此语，全身一颤。

桑书云只觉眼前这老和尚，刚强侠烈，却有说不出的亲切。他虽是天下第一大帮之主，但觉得眼前的一切似虚似幻，唯"长空"二字而已；连昔日千思万念的伊小深，也似另有所属，眼下就只有宋雪宜的倩影笑靥，可以把握。却见宋雪宜怔怔地瞧着雪峰神尼的尸身，悠然出神，也不知在想着什么？

桑小娥在旁听得自己母亲当年的事，心中好乱，她对父亲好生敬重，听母亲往昔种种，心中一个声音一直喊道："不是的，不是的！不是这样子的！"又见父亲凝注宋雪宜，她敏感的心灵，早已明白几分。却见雪峰神尼舍身自尽，消解恶规，心中念及雪峰神尼本是遏止方歌吟与自己见面的人，未料而今一至于此。耳际听得两个女尼在交头接耳道："掌门师姐近年来好不容易才下一次山，就如此想不开了。"另一尼道："可见碧落红尘，还是不要招惹的好。"桑小娥听得心中一酸，觉得没什么依凭，心中暗喊："方郎，你在哪里？"

第壹贰回 悬空寺的鼓声

原来山下也有千万点“星星”，正无声无息地围掩上来。桑小娥此惊非同小可，又听得远处悬空寺传来沉沉鼓声，每敲一下得一响，那些可怖而阴闪闪的星星，又向上推进了一些儿。

方歌吟赶至“忘忧林”时，“忘忧林”已被火烧得满目疮痍。方歌吟怀着惶恐的心情步入，想探点线索，却见焦木树根处，坐了三个人，正在聊天。

只见一个黑黝黝的、腮帮子涨嘟嘟的，说话时喜欢怪眼一翻的怪汉，咧开一口白牙，方歌吟刚听进去，便闻他开口就道：

“散了，散了，说什么权力帮、朱大天王，谈什么血河派、蜀中唐门，到头来还不是梦一场、空一场？瞧这武林三大绝地，给人夷为平地，烧成灰炭，供人凭吊，也不是威名一阵，千百年后来此的人，还不知踩在哪一副骨骼上？散了，终究是要散的。”

另一个福福泰泰，眼尖鼻大，下巴占了脸部几近一半的人和蔼地笑道：

“铁钉还是那般愤世嫉俗，难道说咱们‘两广十虎’，也到头来抵不住要散？”

黑子怪眼一翻，道：“就得以不散，人死一场空，臭皮囊活时聚聚，抵不过亘古万载的烟消云散。罗海牛、疯女、吴财这等鸟厮且不去说他，但杀仔、阿水、劳九，却不也是幽泉异路，黄泉相隔么？”

旁边一个挽髻宫装、白皙如羊脂的妇人却妩媚笑道：“虽然阴阳相隔，但咱们一颗心，却未曾分开过，生死之事，又焉能羁绊？记得五龙亭之战、丹霞山之会么？咱们一刻活过，便是永远活过，咱们一刻并肩过，便是永远在一起。”

黑仔心神不属地沉默一会，拍拍座下一段焦木，道：“对生命而说，‘永远’是可笑的。”

方歌吟却听得“轰”的一声，热血奔冲向脑门，原来他所听得的，都是轰轰烈烈、昔日名动江湖的战役，听这些人的口气，莫不便是当年跟萧秋水纵横万里、光照四十州的“两广十虎”不成？

只听旁边一个高大壮硕、狮鼻阔口的银须老者大声道：“你们‘两广十虎’的战役，我可不管，跟萧大哥东征西伐，我老蔺也有份儿，我跟你们尚且阴魂不散，其他还有什么可说的？且看他当日武林的‘东刀西剑’‘八大天王’，今日武林的‘三正四奇’‘二十神龙’都免不了各散东西，生离死别……只是‘悬空寺’之役，咱们去也不去？”

黑仔眼睛骨碌碌一转，偏头思考道：“‘忘忧林’之战，咱们暗中出力，‘长空帮’等始能大获全胜，我们也不求为人所知，就连群魔攻上‘素女峰’，咱们也暗中相助过，但也不露面。……但这回毕竟是年纪大了，风湿骨痛，悬空寺没多大看头，还是不去也罢。”

那白皙妇人便是“杂鹤”施月，双目瞪住黑仔，道：“那你是不去了？”黑仔随意一笑。施月道：“你不去，我去，悬空寺有华老怪，他很有一手，不比想象中好斗，如果万一群侠不敌，则武林中祸亡无日，俗语有道：送佛送到西，好人做到底。胡福，你去不去？”她说起话来极快，就像一大锅沙炒豆，豆子熟时纷纷爆裂一般快而响。那“好人”胡福摸摸下巴，道：

“去是很想去。但萧大哥十年一祭，近日可能会在峨嵋出现，要是为了这事儿，偏巧逢不着大哥，则打死我也不去。”

黑仔喝了一声：“着也。”施月道：“那你俩是不想去了？”两人一齐点头，这两人在其中最是互相依傍，臭味相投的，蔺俊龙却喝了一声道：“你们不去，我去！有热闹凑的地方，怎能少了我们？何况趁我们未断气前，再干他一番事业也好！”

胡福反问道："你俩要去？"这次轮到蔺俊龙和施月一起颔首。黑仔笑道："那我们行动还是一致好了。"施月道："也罢，看哪边人多便是了？洪华要去，则大家都去，少林洪不去，大家就拉倒算了。"

于是大家都望向洪华。少林洪短发铁脸，缄默不语。他一向思虑周详后再说话，故不言则已，言必有中，且斩钉截铁、向无迂回之地。现下众人都探询于他，他沉默良久，说了一声："去。"

李黑扒扒发根，道："真的要去？"洪华道："办完这桩事，赶去峨嵋，还来得及。"

胡福捏捏下巴，想想也是，即道："要去便快去了。"施月与蔺俊龙自是欢呼不已。施月虽是女子，但巾帼不让须眉。蔺俊龙外号"千手剑猿"，为人也似猿猴一般，鲜跳活泼，不能久待，最喜生事，一听有得去凑热闹，莫不欢忭。其实黑仔和胡福，也是唯恐天下不乱之徒，今日如此审慎，是不想错过能与萧秋水晤面良机，今听洪华如此说，知其已算计好时间，便都跃跃欲试。

这时方歌吟禁不住冲出来，噗地跪倒，大声道："五位前辈，请带在下前往，在下则感激不尽，感激不尽。"五人自是说话，没料忽然冒出一个小子来。原来方歌吟屡得奇逢，内功深厚，已凌驾李黑、胡福、施月、洪华、蔺俊龙等人之上，所以他们并未觉察有人在后面听他们交谈，倒是唬了一跳。

李黑"呵"了一声，认真地点头，道："你便是那小子，那姓方的小子，是么？"方歌吟对传言中讲义气、守信诺的"两广十虎"，甚是敬服，便虔诚地道："晚辈方歌吟，拜见五位前辈。请前辈带小辈赴'悬空寺'，待事了却，更烦请五位能携晚辈见萧大侠一面。"

李黑那白多黑少的怪眼翻来翻去，斜视方歌吟，却不说话。施月笑道："今下武林，你出道既晚，声名最响，咱们都莫如你。"方歌吟暗自惶愧。胡福摸摸下巴，微笑道："要是你早生几十年，就可以跟我们一齐闯荡江湖了。"方歌吟听了，又无限抱憾。只听李黑道："记得昔时么，咱们初出道时，总听人说：'若是我年轻十多年，定必加入你们，现在则只有在精神上相勉了。'而今这话，乃由我们对人说了。"

蔺俊龙却豪笑道："悬空寺就在恒山，那地方你闯过，不必我们相引；至于往见萧大侠，则要看缘法了，带了也没有用。"方歌吟听后若有所失，问道："那五位前辈不去恒山了？"

胡福又摸摸下巴，道："既是大多数都赞成夫，去是要去的。"施月道："你走你的吧，必要时我们会助你一臂。"李黑怪眼一瞪道："快赶去，迟了怕有遗恨。"方歌吟忙站身应道："是。"正待行出，洪华忽道："慢。"

方歌吟不明所以，望向洪华憨直的脸孔，洪华缓缓道："留得一命，你跟萧大哥还缘悭一面。"方歌吟呆了一呆，说："是。"再看时雾烟袅袅，场中只剩下焦木炭灰。

话说恒山，已是入夜时分。雪峰神尼的自戕废规，使得天象、桑书云等心头难过若死。辛深巷、梅醒非都在计划着午夜突击的事。清一依然在守着雪峰神尼的遗体。车莹莹在烛旁垂泪，在念想着遇害的父母、姊姊。桑小娥在庙前看看满天繁星，皓月当空，心中在思念着方歌吟。却吹来一阵冷风，黑云掩过，月华都消失了，只剩下天上冷晶闪烁的星星，宛似许多孩童在眏亮着眼睛。

桑小娥依在一棵大松树下，往天上看，看星星一眏一眏，很是调皮，她自己也如星星，俏皮地眨眼，正如此闹得有趣时，不意一阵冷风吹来，桑小娥无意间往山下一望，一时间只觉根根寒毛，倒竖起来。

原来山下也有千万点“星星”，正无声无息地围掩上来。

桑小娥此惊非同小可，又听得远处悬空寺传来沉沉鼓声，每敲一下得一响，那些可怖而阴闪闪的星星，又向上推进了一些儿。

她不禁掩脸发出一声尖叫。

这一声叫，在黑夜中听来甚是尖锐，一时间，镇守山腰的戍卒，把守山头的，以及寺内寺外的高手，都一拥而出。

这当儿也有戍守的人，陡然发现山下的千万点寒光，无声无息地掩上，大部分吓得张口结舌，小部分人魂飞魄散，张口大呼：“野兽！哪来那么多的野兽！乖乖不得了！”只见恒山大殿里人影一晃，冲步抢出一威严怒目的和尚，叱问道：“什么飞禽走兽，如此不得了？”

这闯出的人正是天象。他身旁一气定神闲的青衫人，便是桑书云。这二人一出，对崖的鼓声忽然大响，如骤石打在鼓面上一般，忽然呼噜噜一阵山风刮脸如刀，众人只觉扑脸膻腥之味，猛听一声虎吼，立时嗥声四起，山间的千百头猛兽，包括虎豹豺狼、狮彪蟒獒，纷纷加快速度，或飞或攫，或爬或扑，向山上涌来。

群豪相顾骇然，这时在山腰巡守的各派弟子，一时惊魂未定，一半以上的人不及撤走，被这一大片黑压压的飞禽走兽，吞噬得一干二净。

众人在山上看去，只见十几个人，张大了嘴惨叫，叫声却被虎啸猿鸣遮掩，迅即倒在群兽中，被嚼个尸骨无存，这时对崖鼓声诡谲幽异，众人却听得手中发冷，心中发毛。

天象白眉陡扬，道："一定是那鼓声搞鬼。"虽然急躁，但却无法可施，腥风如狂飙般骤急，桑书云传下手令，所有把守山间的弟子，都退上山顶来，以免轻送性命。

这时虎啸龙吟，愈迫愈近，桑书云道："我们缩小范围，严阵以守，总好过盲目冲刺。"当下令各人只在崖边把守，一有猛兽上来，即居高临下，击杀歼灭。并设下第二层、第三道防卫，以免猛兽一旦冲破守线时，变成内外夹攻，为虐更巨。

这防线既定，镇守则容易多了。但是群兽数目实在太多，各种各类都有，众人虽是武艺高强，看去也不免胆战心惊。

眼见毒蛇怪兽，已经接近山崖，桑书云号令一声，众矢齐发，当先的走兽，不少中箭倒地，却发出悲嗥，后头的野兽一听，也各齐声发出啸声，这一来数千野兽一齐嘶吼，其声直如震山倾崖，而且数百类野兽沓杂而鸣，其声之厉，实属罕闻。

这一阵连叫使得群豪更惊。只见野兽一闻血迹，即吞噬地上蘸血或已受伤的猛兽，啃得一根骨骼不剩，甚是残忍。众人看了，直是发寒，只宁跟千军万马作战，却不欲与这些无知愚昧的凶兽对垒。奇就奇在这些野兽在鼓声煽惑之下，竟只向山上奔来，却并不相互咬噬、互相残杀，除非受伤流血的，敢情野兽一闻血腥味，即直吞馋涎，控制不住兽性。

众下心中暗叫苦也，却是无计可施。桑书云又令长空众徒射了一轮箭，猛兽依然前仆后继涌上来。桑书云已来不及施令，长空帮的箭手继续放箭，已等不及听令行事，只怕稍缓得一缓，野兽即如风卷残叶般涌至。

如此射了半晌，群兽死伤过百，但长空帮的箭，几乎罄尽。这次长空帮与役，本就以为是近身搏战，故此并没有带出多少箭矢来。这时猛兽势度稍稍一挫，对崖的鼓声也似稍疲，渐渐比较低微。桑书云趁机道："箭完了，有暗器的准备。"众人知是生死关头，立即更替换班，一群数十有带暗器的武林人物，纷纷暗扣各种各式的暗器，凝神以待，蓄势待发。

本来有暗器的武林人物，在江湖上较不受欢迎，被以为是卑鄙伎俩，能练到蜀中唐门一般的，将暗器转化为武器，或者作了明器，变成了人人尊敬的艺术者，少之又少；但而今情势如此，反而这些使暗器的高手令人重视，对暗器也十分珍惜，只怕有一枚浪费了，使得那些凶残毒狠的毒蛇猛兽多增了一分力量。

桑书云观察判断，道："守到天明，或许情势会好一些儿。"这时方过二更天，月亮又踱出云层，众下只见山腰密密麻麻，尽是不知从哪里来的毒虫凶兽，挤成一团，真个杀也杀不尽，不禁如百哀齐至，心生恐怖，没了斗志。听得桑书云此语，精神一振，都想：挨得一时是一时，过得一刻是一刻，说不定待到天亮，这些恶兽都四散逃窜，亦未可知。当下振起斗志，只求能死守局面，期待一线生机。

如此相持了一会儿，鼓声又急密了起来，野兽本来各自低鸣，一闻鼙鼓，又奋勇前扑上来。

这时崖上高手，尽皆将暗器发了出去。

这些暗器，本来都是平时对付武功极高的好手用的，发射的手劲、速度与准头，自是非同小可，这些猛兽怎抵挡得住，瞬间便死了百数十头。

只见群兽依旧涌来，不一会又死近百头，但群豪的暗器也将用完，鼓声却依然劲急，只有三五个唐家子弟，还有暗器可以发射，其余的不是暗器打完，就是所剩无几，留下来要作紧急时自救。

眼前七八十头猛兽，就要突破防线而入，忽听辛深巷、宋雪宜齐喝："动手！"

黑水青焰，狂喷而出，不少野兽，在火焰中打滚咆哮，终被焚焦。而"如今是云散雪消花残月阙落英流水"幅度更广，所被沾洒中的野兽，莫不哀鸣挣扎不已；群兽既怕这毒水，又怕"蚀心化骨焦尸烂骸丧门火"的火焰，纷纷悲嗥而退。

然在这时，鼓声也稍稍一缓。

桑书云喜形于色，道："兄弟，幸亏你有将这火器掳来。"辛深巷却神色凝重，道："可惜所剩不多，再发得七八道火焰，火药便要用罄。"梅醒非接道："往下的都要靠宋教主的'云雪花月英水'。"宋雪宜却缓缓摇了摇头。

大家都吓了一跳，萧萧天问："怎样了？"宋雪宜神色凝重，道："这筒子里的毒水，只怕还挨不到青焰熄灭。"众人脸色闪过无限懊丧，毒火依然在野兽尸体上焚烧，其他野兽都不敢吞噬被青焰或毒水蘸染过的尸骸，火光一映一映的，在众人脸上一跳一跳，只见汗珠不住如鬼手扒搔淌下，全场声音细得连一根针落地的声息都可辨闻，可谓诡异至极。

一人忽道："这样枯守下去，实在不是办法。"另一人大汗一行行、一条条地自脸颊爬下去，他的脸肌尽在抽搐着，忽而大声道："来呀，跟我冲出去！"桑书云叱道："大家不要慌乱，自寻死路！"但众下惶栗至极，哪有心干耗下去，只见有人冲杀下山，也拔出武器，纷纷呐喊着杀将下去，只望能杀出一条血路。

那七八十个憋不住性子、沉不住气的武林人，一路杀下去，才杀没到二十来丈，已死了十来人，又杀了十丈，又死了二十多人，狮虎狼豹虽也死了不少，但群兽依然没有减退。剩下的四五十人，锐气顿消，被困于群兽之间，转眼人堆愈来愈少，一一遭虎狼啮噬，惨叫哀鸣之声，夹杂着兽吼，隐约可闻。

在崖上俯视的，胆小的人已掩脸不敢相看，胆子大的揣想到不久后便是自己的下场，也双腿发软。群兽嚼食了那小撮人后，意犹未尽，却凶性大发，随着鼓声遽密，又涌上崖来。

萧萧天叹道："若在此时，还有人贸然行事，那就只有死路一条了。"他说这话，是要安大家的心，以免又莽撞下山，折损人手。众人见下山的人如此惨状，自然都不敢鲁莽行事。

梅醒非跺足道："都是那鼓声！"辛深巷骂道："那鼓声是操控群兽的事物！"伯金童骂道："去他妈的鼓！"萧萧天背负双手，望向对崖，悠悠出神，这时群兽进攻更急了，全仗那剩余的"如今是云散雪消花残月阙落英流水"以及"蚀心化骨焦尸烂骸丧门火"的威力强自镇住。

连桑书云也一筹莫展道："再守下去，只好是肉搏战了。这山崖还算好守，咱们居高临下，只要用兵器前锹，或以掌力下推，便可制杀狂兽。只是一旦让它们上了来……"桑书云长叹一声："却是神仙难救了。"辛深巷长叹道："真不知华危楼从哪里弄来了这么一大堆野兽！"

桑小娥乍然想起，道："当日我们在闯'七寒谷'的时候，也遇到些恶兽，只是当时没留意会成为贼子的杀手锏。"这时火焰渐熄，原来"丧门火"已尽，野兽少了火焰的威胁，又凶猛前进，全仗"落英流水"竭力慑制而已。

萧萧天忽道："桑帮主。"桑书云知萧萧天是成名前辈，自有见地，当即道："萧兄何事？"萧萧天道："我有一法，当可一试。”桑书云凑近道：“愿闻其详。”萧萧天微笑道：“也不是什么绝活儿，只是笨方法。”桑书云双目绽放起奋悦的星芒，道：“萧兄何不说来听听？”萧萧天道：“正要和桑兄参详。”

只听萧萧天道：“我别的没有，但有一双羽翼，我和曹大悲都有一个特长，可以乘风滑翔，加上御气而行，至少能掠四五十丈。我想试飞过去，先制住华危楼，没有他的鼓声，一切都好对付，你们趁机杀过去，便可解目前危困。”桑书云脸上掠过一片不豫之色，萧萧天马上注意到了，问：“怎么？有不妥么？”

桑书云叹道：“当无不妥。何况萧兄神功盖世，为当今唯一可制华危楼的人，可惜就是太危险，萧兄是我们的主帅，亲涉此险，却是万万不可。”萧萧天微笑拍了拍桑书云的肩膀，道：“主帅是桑兄，不是小弟。”

萧萧天又道：“现今之计，只有冒险行此策，总比在此束手待毙的好。依我之见，只要能缠住华危楼，让他无法专力击鼓，这些孽畜都必定散去，只要华危楼一时绝扳我不倒，而你们来得够快，我便几乎没危险。”桑书云叹喟道：“萧兄大义，桑书云这儿代表武林群豪，向萧兄一拜……”说着拜倒。

萧萧天慌忙扶住，这时武林群豪大多数都听到此策，纷纷流露出敬佩、惋惜、希望、企盼的神色来。

萧萧天强作镇静，道：“我摸黑回旋滑翔，这里风强山暗，谅不致被人叫破发现，其实并不难为，因我多得一双为血河派重宝的羽翼，如此而已。”桑书云知萧萧天并非大言唬人，血河派不但有武功卓绝的高手，也有过一些精心巧匠、扁鹊华佗，所以才教武林所妒，因致灭门之祸。

萧萧天迎崖而立，众人目送，桑书云道：“但愿萧兄能克完愿，泽被苍生，名扬青史。”萧萧天哈哈一笑道：“我萧萧天被人冒名顶替，作恶为患数十年，没料今也有诸位英雄谅解的一日，得众家谬赞，可谓足慰平生矣！”说罢当风哈哈、哈哈、哈哈哈大笑三声，振翅顺风而去。

众人只见萧萧天展翅而去，风急云卷，山崖下万石森森，都为他捏了一把汗。

悬空寺的坐落处，离恒山殿有三四十丈的大缺口！这大崩崖下峭直刻深，山壁削直如斧劈，乱石嶙峋，嵯峨锋锐，一旦落下，自是粉身碎骨，何况下有千数猛兽，只要失足，必尸骨无存了。

如要从这崖跃到那崖，纵武功再高，却难以办到一跃数十丈。如果要从山下攻袭到对崖，要自群兽间杀出去，那更难如登天。

萧萧天内息沉厚，轻功本高，他一掠十丈，再加上内息驭气，又飞五丈，然后以双薄膜为翅，顺风滑翔过去，直扑对崖。

眼看萧萧天又“飞”了十来丈，离悬空寺山崖不过十余丈距离时，倏然间，灯火大亮，烟焰灼天，萧萧天在黑暗中忽被强光照射，映得双目睁不开眼来，真气一虚，而恒山殿的英雄好汉，也都发出一声惊噫。

只乍见对崖密密麻麻，早伏满了人，一齐现身，手执火把，一齐燃烧，山风猎猎，照得火舌暴长，和着孔明灯、照明灯，以及松明柴草，一齐照将过来，并一齐将手上兵器交击，发出喧嚣大声。

这一下萧萧天情知已然中伏，但不及重新折回，只因自己所有的一对“羽翼”，为血河派巧手神匠长孙破所制，只能借风浮飘，并非真的能飞天遁地，翱翔无碍，此刻他身离原处已近之十丈，而且风势不对，不可能折回，只得硬着头皮，凝聚势不可当的大力，以巧势图硬闯。

就在这时，崖上忽然传来咚的一声，萧萧天听去，心内一紧，又咚咚咚咚数声，萧萧天人在半空，驭气滑翔，无法凝聚真气相抗，被震得五官溢血，但他心念坚定，只有竭力“飞”向崖去。

这时鼓声一过，崖上人纷纷张弓搭箭，亮晃晃的箭镞，尽皆对着半空无处着力的萧萧天，说时迟，那时快，只闻一阵密集如雨的箭射弦声，百十支箭，全往萧萧天身上射去！

换作平时，萧萧天神功盖世，这些箭矢，自然还难他不倒，但如今人在半空，无处借力，无论他如何腾挪闪避，还是中了七八支箭，其中一箭，穿过他左胁，被他真气震断在胁内，才不致穿腔而出。另外两箭，射穿了他的手臂骨。一箭穿踝而过，另三箭仅是擦伤，一箭正中肩头，肩头那支，箭镞上想必蘸有剧毒，是以仅发麻痒，而不作痛。

这时他又已凭空临虚，拉近了五丈距离，只剩下十丈不到，他身负重创，勉力一提真气，振翅冲刺，便在此时，只闻一声断喝：

“照打！”

这时放的不是箭，而是发射暗器。这时距离更近，暗器不但比箭矢难闪，而且更密集、歹毒。萧萧天双手拨拿扫挡、身形回摆曲翻，势子不变，方向不易，直掠往山崖，又拉短了五丈距离，但已着了十来道暗器。

萧萧天长啸一声，眼见已纵到崖边，但巨岩暗处，忽出现一人，全身如同血浸，隐透红芒，在火光映照下，截向萧萧天。在崖对面的群众，眼见萧萧天身履奇险，正要掠到崖沿之际，众下一颗心忐忑不已，却见大风道人卑鄙截击，都恨得咬牙切齿，恼恨难平。

众人大声呼喝，以企助威，万望萧萧天能突破万难，强登崖顶，只见萧萧天与大风道人交手几招，两人都有薄翼，是以在半空交手，都不往下坠去。

只是萧萧天如哑巴吃黄连，苦涩自知，他吃亏在负伤累累。暗器上涂的毒药发作，而且驭气而行已久，一口真气，已变作逆气顶喉，大风道人却窥此良机，全力出手，以图一击搏杀。

大风道人一面打出凌厉掌风，一面笑道："我们料定你会飞渡过来，义父跟你交手数次，早知你逃不过这一劫，你认命吧！"

萧萧天仓促遇敌，才骂得一声："好贼子——"真气一泄，大风倏然闪至他的背后，萧萧天受伤数处，转动不灵，一闪未成，大风道人"嘶"的一声，竟撕裂了他一张薄翼。

萧萧天的武功，本与大风相去不远，仅胜其少许而已，惟此刻萧萧天身罹重创，又气力不继，羽翼便为大风所撕。大风此举，比杀伤萧萧天更为狠毒，要知道崖下千丈深渊，掉下去焉有命在？

萧萧天当非等闲之辈，知道薄翼被撕，他再不恋战，借余势向五丈外的崖沿掠去。大风没料萧萧天如此当机立断，再想拦截，已然不及，当下全力展翅追去！

萧萧天仅剩一翅，眼下唯有全力掠扑，这一掠，余力已衰，只剩一二丈，便可到崖边，却偏偏势尽而落；好个萧萧天，猛除下腰带，呼的一声，腰带半空将崖沿一巨石卷住，他借力一带，飞身扑向崖边。

就在这时，悬空寺又击鼓一响。

这一响乃击在萧萧天力竭时，所以无疑如同挨实一掌，但萧萧天已无他策，依然凭一口气，冲落崖上。

但在此时，一人闪至。

这人一声不响，一出手，“三尖两刃剑”刺出，正是迷失本性的“括苍奇刃”恽大炎。

恽大炎一剑刺来，萧萧天想格开，却已无力，“噗”的一声，剑已刺到，萧萧天奋力一偏，剑刺入右胸，恽大炎将剑一扭，三尖两刃，如锯割肌，萧萧天剧痛之下，运起多年来因其太恶毒而废置不用的“吸髓大法”，猛吸住恽大炎。

就在这当儿，大风道人已飞越过萧萧天头顶，一足踢去，“砰”地踢中萧萧天，把萧萧天踢得倒飞出去，萧萧天却吸住恽大炎，两人扭作一团，终于齐齐发出一声长嘶，往山下坠了下去。

这时嘶声犹悠悠传来，久久未杳，夹杂出大风在对崖得意狂笑声，以及悬空寺内猖狂的鼓声，显然击鼓的人也是开心至极。

这边崖上诸人的心，却随着萧萧天下坠的身子，一直沉了下去。

第壹叁回 悬空寺的空中

这时，月光踱出浮云，满地光华起来，有人忽然叫道："你瞧，你瞧。"众下不知何事，俯首瞰去，只见漫山狮虎啸吼，竟然有些骚乱，一物势如破竹，纵高伏低，曲折掠绕了过来。

萧萧天落下崖去，粉身碎骨，使得诸侠的一线生机，又告断绝。

更惨的是，雪峰神尼自戕，萧萧天惨遭暗算，崖上能与华危楼、大风道人、陈木诛、许长公这等高手一拼的，只剩下桑书云、天象大师、宋雪宜等三数人，连应付一个华危楼都未必能胜，更何况彼众我寡？

天象喃喃语道："曹大悲是坠崖身死，萧萧天也是落崖身殉，大风，你这个'幽冥血奴'，看你好死不好死！"

群雄一阵沉默，有的抬头望天，有的低头观满山兽群，只缘盼望能出得奇迹，方能活命，或多看一次星月，多赏一回天籁，也算死前有了交代。

却在这时，月光踱出浮云，满地光华起来，有人忽然叫道："你瞧，你瞧。"众下不知何事，俯首瞰去，只见漫山狮虎啸吼，竟然有些骚乱，一物势如破竹，纵高伏低，曲折掠绕了过来。

大家一时都不知什么事物，过了一会儿，那物渐近，天象大叫："是人！是人！"他双目神光，比常人目力尤佳，只是他叫了出来，心里却不相信，人哪有那么好的本领？

这时众侠都知是人，只不知是谁？来干什么？是敌还是友？

又过一会儿，那人愈近，那人使着一柄剑，飞斩盘旋，剑击电驰，如飘风狂雨，惊蛇走龙。只见一片金光，围着那人飞掠闪辉，宋雪宜"啊"了一声，见这等威势，失声道："金虹剑！"

她几疑是昔日恃才傲物、叱咤风云的宋自雪，自山下破阵而至。桑书云却心念一动，叫道："方歌吟！"

他声音甫出，桑小娥已一声呼唤："大哥！"长身掠出，众人一时专神，未及阻拦，她已扑将下去。

这时狮虎齐吼，霎时间有七八头野兽，扑向桑小娥，桑小娥目中全无别的，只径自奔向方歌吟；她眼中全无障碍，只有方郎。

桑书云情急之下，隔空发指，伤了两三头猛兽，眼见桑小娥还是要伤在另几头恶兽爪牙之下，忽然人影一闪，金虹振起，精光灿然，仓促之际，已连斩五头恶兽。众人只觉眼前一花，一剑眉星目、面如冠玉的布衣少年，已揽住桑小娥，两人一见面，喜不自胜，竟对视无言，刹那之间浑然忘了虎视眈眈的群兽。

就在这瞬息间，又有四五头猛兽，攫向两人，两人眼见命在顷刻，却仍对视深深，忘却世外万物，却听“砰蓬”“吧嗒”两声，天象赶了下去，两道劲风狂飙，将几只恶兽击毙，以深湛的佛门狮子吼，吼了一声：“上去吧！”

方歌吟、桑小娥如春秋大梦悚然一醒，方知群兽环伺，急忙往崖上掠去，只见衣风猎猎，天象也赶了上来。原来方歌吟一手轻揽桑小娥飞掠，却还比天象大师全力飞奔仍快了一些。

方歌吟上得山来，见师娘、桑书云安然健在，喜极拜倒。桑书云见此子屡次得以不死，武功反似精进，知道此人际遇非同小可，此番闯上山来，或有力挽狂澜于既倒之能亦未定，宋雪宜见方歌吟闯得上来，却不胜凄酸，怕是宋自雪一点心血，尽皆丧在这里，焉有勇气面对黄泉下的宋自雪？

方歌吟一旦上山，对崖鼓声迅即躁急，如密集石雨，击在鼓上。桑书云忙使辛深巷向方歌吟说明一切。辛深巷虽仅剩一臂一腿，但智谋无双，桑书云对他仍然依仗日重，只不过实际作战上，辛深巷便无多大能力，正好可与方歌吟说明一切。

这时群兽猛攻，群侠占着地利，使武击毙不少毒蛇猛兽。唯时间一长，也有不少人为猛兽所伤，或为之吞噬，但一时还无猛兽冲得上来。

桑书云指风丝丝，天象大师茫茫罡气，到处补救不足之地，摧折不少猛兽。宋雪宜则综观全场，一有虚隙，即遣人补上。

如此斗得一阵，击鼓的人似也累了，便息鼓停声，猛兽固然死了近千，但群豪也死亡近百，而且大多筋疲力尽，或负伤不轻。

又过得一会，鼓声再起，兼而唢呐之声，群侠只得再斗，斗到后来，都满身沾血，也不知是自己的血，还是野兽的血，总之杀得近乎疯狂。

这时方歌吟已听毕转述，亦已知晓雪峰神尼和严苍茫、萧萧天等毙命的噩耗，即仗金虹剑，抢在西面前头，搏杀群兽。这当下他的武功比萧萧天高出许多，淋漓发挥之下，靠近他这方面的猛兽挡者披靡。

他吓退了一面的恶兽，又掠到南面，冲杀起来；那边的恶兽又倒退，但原先的西面，猛兽又涌了上来。方歌吟东倏西忽，拯东救西，手刃无数蛮兽，但依然未能扳回大局，只能勉强镇住局部。

这时东方有几抹鱼肚白，正近晨风破晓。

大部分武林豪杰，皆已疲极，只有桑书云和天象，仍然指风凌厉，掌劲淋漓，指掌之下，对群兽有如摧枯拉朽，无法接近。

久持之下，一个疏神，东南方面的阵线被猛兽所攻破，也被成问山及徐三婶的暗器打死；焦云玉却因此丧命，成福根跪在她尸身旁，痛泣不已，忽然抓起破甲锥子，猛冲下去，一面大叫道：“爹，请恕孩儿不孝——”

只见他冲杀下去，过得一阵，便被群兽包拢，不见踪影。“寒鸭点点”成老爹瞪目欲裂，嘶声道：“福根——”

他便发力追去，“袖里乾坤”徐三婶及时一把拉住。众人见此情形，知无生机，这一下狠打猛杀，虽杀了千余野兽，但仍不及其十一，自知难有幸免之理。这时鼓声及唢呐声逐渐微弱，兽群攻袭，亦因此得以稍缓。众人舒一口气，却依然愁眉不展。

诸侠情知不能冲下山去，只得固守在崖，心知鼓声唢呐，不一会定必复响起，野兽如此一次一次地攻袭，总有攻破的时候，届时就人人免不了身遭兽噬了。这时忽听“嗞嗞”之声，原来桑书云暗提指劲，将三条暗游而上的毒蛇射毙。只不过桑书云的指劲，已无先前猛厉，人人心里，又多了一层阴霾。

方歌吟忽道：“萧老前辈是在此掠过对面去时遇害的吗？”

桑书云听得一凛。辛深巷道：“是。”他接着又道：“不过这两崖距离约三十余丈，若无萧前辈羽翼，纵轻功再好，也是万万跃不过去的。”

辛深巷是想出语在先，先打消了方歌吟的痴念妄想。方歌吟却叹道：“现下死守此地，迟早都被攻破，如此坐以待毙，不如……”梅醒非见过他适才搏狮杀虎的武功，心知方歌吟欲求自保，杀下山去，未尝不能办到，但要救山上的人，可千难万难了，至于越过深渊，更属妄诞，当下道：“这深涧连萧老前辈都掠不过去，我们又何苦送死！”

方歌吟却道：“萧前辈因与华危楼旧识，加上大风道人也有曹大悲的薄翼，算计萧老前辈必舍身扑阵，所以伏下杀着，待其纵越……只是萧老前辈一死，他们断未想到，还会有人由此路攻至，必疏于防范，可以打他个措手不及……”

辛深巷听着听着，目光闪动，似踌躇难决。梅醒非却断然道：“不行，计策虽好，但这深谷却一跃数十丈，纵神仙莫办。”

方歌吟却道："'血河派'有一门'倏然来去'轻功，乃取自庄子'倏然而往，倏然而来而已矣'之意，在下略通关窍，稍窥堂奥，愿效死一试。"

方歌吟元气充沛，说话中气充足，崖上人人自清晰可闻。群雄虽视见方歌吟来去杀兽，神勇非凡，但觉他自出主意献策，要冒一飞数十丈之险，皆觉是满口胡扯，胡吹大气而已。

方歌吟却道："死守这里，断无生机，不如让在下稍尽绵薄，冒死一试。"众人听方歌吟侃侃陈辞，暗忖：既无别的法子，试试也好，要是这小子胡诌，也是死有余辜了。众人于是起哄，桑书云却仔细周虑地道："你有把握一掠几丈？"

方歌吟道："可一掠十余丈，加上借风势，顺滑翔，可多拉五丈距离，再用初窥门径的'倏然来去'轻功，可多跃七八丈，再加上碰碰运气，可能过得了去。"桑书云琢磨一下便道："万万不可，你充其量不过能跃二十七八丈，然这深崖却足有三十五丈余。"众人听此说话，都咋舌称奇，就算借风势翱翔，能一掠二十来丈，已经是不可思议的事。

却因方歌吟得数家之长，武功早超任狂，而且"血河派"武功，轻功确能做到"驭风而飘"的程度，要不然，血河派也不至于出得长孙破这等巧手大匠，以精心发明来破轻功之极限了。

宋雪宜却不信方歌吟有此轻功，更不想方歌吟因此涉险，所以说："飞过去又怎样？你不是那些人的对手，只是去妄自送死而已。"

说着说着，鼓声又起，猛兽又猛攻过来，众人挡得一阵，有四五道防线同时被攻破，这下不可收拾，足有五六十人被咬死。宋雪宜、方歌吟挺剑冲杀，一身浴血，好不容易将抢入猛兽尽歼，却又有三四道关口被冲破。

伯金童杀得性起，大喝一声，双手擒住一头老虎，横冲直撞，竟将上得山崖的猛兽，都砸下山去，群兽见如此神威，都龇牙咧齿，却不敢相扑。一东山虎猛扑而来，被伯二将军半空搂住，生生撕裂为二，群兽一时慑住，却听伯金童"哎唷"一声，扑地而倒，原来是一条花斑斑的毒蛇，毫无声息地斜里闪至，咬住了他的咽喉。

召小秀急忙相救，但见伯金童已无气息。他与二将军生死之交，见伯金童骤此离去，悲愤若狂，抄枪在手，朱缨晃动，不顾一切，直攒刺杀了出去。扁铁铮跟召定侯是主仆关系，在帮中又是上下之属，甚重召小秀为人，于是也冲杀而出，只是群兽杀之不尽，屠之不殆，召小秀、扁铁铮等终也遭兽吞。

这一来可谓百哀齐至。只听微哼一声，桑书云被一头大白熊抓伤，他的"长空神指"，连中巨熊，白熊竟仍支撑住不倒，皆因"长空神指"最是耗力，桑书云已无力再发指劲，倒是天象大师，愈战愈勇，真是天生神武，发皇奋扬，怒喝一声，一掌将大熊拍得脑浆迸裂。

只听天象嘶喝连连，杀得性起，白茫茫的真气不住推出，十七八条毒蛇，一齐被打飞，落下山去，余力还"彭"地将地上打凹了一个大坑。他白眉陡扬，银发根根如戟，每出一掌，即有龙象之力，随手将一头大猩猩，推得如小石一般落下山去。又推动内力，全身骨节，啪啪作响，袍袖无风自扬，一掌击下，一头金狮，当即肝脑涂地。他运起目力，用神瞪去，十数只小兽，被他神威目力震得不敢上前。

天象大师嘶吼连连，抢在众人之前，连连出击，毫不珍惜自己元气，一旦出手，无可羁勒，桑书云情知他如此耗损，不知吝惜，非众之福，忙潜近低语道："大师请您歇歇……"

天象大师自是不理，双掌翻飞，又驰东骤西，杀了数十猛兽，只有他和方歌吟金虹舞处，群兽攻势，方才震压得住场面，桑书云却见天象呼啸厉狂，恐非常态，便凑近而道："大师——"

天象不理，双掌一挫，向群兽扑去。桑书云用手一搭，天象运力一卸，桑书云力竭，竟未扣住；天象走得几步，忽回头，这时微熹照映在他的光头上，银眉散乱，直似白发飞扬，只听他沉声道："桑施主，贫僧怨嗔爱恨，无一可免，非菩提树，非明镜台，既不拂拭，亦惹尘埃，不如舍身喂狮虎的好。"

贞观年间，五祖命众徒各以心得书偈语，座上神秀口唱一偈："身是菩提树，心是明镜台。时时勤拂拭，莫使惹尘埃。"众皆赞好，不识字的慧能却唱一偈："菩提本非树，明镜亦非台。本来无一物，何处惹尘埃。"五祖乃传衣钵，是为禅宗六祖。至于天象为何说此，桑书云倒听得一怔。

只见天象以佛门"狮子吼"仰天哈哈大笑三声，众兽皆退，天象奋勇向兽群迎去，只见四名布衣芒鞋的僧人，跟随而去。天象过处，势头甚凶，双掌翻飞，狮虎豺狼，尽为之歼。如此周旋过三，终于力尽端然趺坐，群兽一拥而上，瞬间尸骨无存。

这时旭日微升，晨风夹杂着腥风微薰，众人看得心惊胆战，人人危惧，如殊无幸理，方歌吟、桑书云、宋雪宜却看得热泪交进，一时觉得莽莽苍苍，逆气难平。

方歌吟只感此役攸关苍生气运，不能任由宰杀，当下舞剑而起，啸道："我要一试。"桑书云也豪兴大发，话了出去，道："你去吧，我来掠阵。"

方歌吟奔至崖边，辛深巷蹙紧眉心，疾道："等一等。"方歌吟苦笑道："大叔好意，在下心领，请大叔莫要阻我，待天一亮，行迹败露，就无法可施了。"

辛深巷却道："不是相阻，此计可行，只是多加一策——"方歌吟一愣，奇道："哦？"辛深巷指指崖上道："要借它的力量。"方歌吟偏首望去，只见恒山殿前一棵高大粗枝老松，怕有百数十年历史，屹立在那儿，在拂晓中隐约可辨。

方歌吟一愣，不明所指。辛深巷道："那大树咱们可以戳力弯曲，再一弹而上，可以借势御行七八丈无碍，不足之处，则都要靠少侠自己了。"方歌吟这才恍然。

大家别无他法，只得如此，这时群兽狠攻，似在天象舍身之后而稍缓，桑书云长叹一声，一挥手道："要去，就快，趁现在！"当下数人全力将松树弄弯，那枝丫足有合围粗大，数名膂力大的江湖好汉，发力压拗。桑书云也助一臂，只觉树身反弹之力奇巨，险捏把不住，心中暗忖：要是天象在就好了。

这下一寻思，才省悟普天之下，大风那奸贼除外，"三正四奇"，就只剩下自己了。当下苍苍茫茫，一有无所适从之感，对那树干的反弹之力，也不感压迫了。

宋雪宜这厢却向辛深巷低声问道："几成把握？"辛深巷不语。宋雪宜道："究竟几成？请辛先生坦诚相告。"辛深巷又摇了摇头，叹了一声，又叹了一声，宋雪宜惊问："一成都没有？"辛深巷缓缓抬头，忧色满布地道："就只一成。"

这时方歌吟已骑上了树枝，他右手紧执金虹剑，左手摸摸身上腰间背后的硬箭弓刃，一一都在，才放了心。桑小娥仰着头看去，方歌吟自晨光中看见她雪白的脖子，莹莹的泪光，脸颊上忍泣的唇，也带有两个浅的酒窝，他心下一阵怜惜，但愿能邀天之怜惜，还能跟小娥厮守一起，便是侥天下之大幸了，一时不知说些什么好，桑小娥问："你还有什么要跟我说？"说着哽了咽，但还是拼命忍住哭；她跟方歌吟在一起，相聚难，离别多，每次都是生离死别，每次都是。

她心下想来，很觉委屈，但这刻又逢着生死之别，便饮憾没了言语。方歌吟却笑道："你连哭的时候，都有梨涡儿。"桑小娥听了方歌吟临舍身一搏时，还有雅兴谬赞自己，不禁一粲，笑得一半，又怕方歌吟出事，便流了泪儿来。

方歌吟笑道："又哭又笑，也不害臊。"众人知小两口儿打情骂俏，何况值此生离死别，当下别过头，佯作谈笑，不予叨扰。

隔得片刻，那唢呐声又响起，群兽又骚动起来，想来华危楼的"震天鼓"和陈木诛唢呐交互击奏，始得轮流歇息之效。方歌吟疾道："小娥，我去了。"

他向群雄一点头，回头又看，只见桑小娥容色无限凄婉，晨风中发丝往后飘呀飘的，脖子雪白得如一朵白喇叭花一般，纤弱娇腻，只觉爱怜横溢，忽听辛深巷沉声道："太阳要出来了。"

只见东面群山，旭日真的出来了一小片。方歌吟情知太阳全出，自己行迹就尽暴露在对方眼帘，立即四下一拱手，道："诸位我去了。"

诸侠也拱手回答："少侠保重。""方大侠小心。""少侠""大侠"声中，还是叫"大侠"的居多，原来大家感他大义见义，在萧萧天这等绝世人物也牺牲当场之后，仍敢为大家舍命行险抢崖，大家与他虽无深交，但都心悦诚服叫这一声，千百年来的武林，能慑服这些贡高自慢的武林人物真正诚心悦服，实为罕见之事。

辛深巷手势一沉，众下立即放手。这根树枝，合十数高手之力方能扳下，而今一弹而起，快如丸矢，方歌吟在晨光微明中破空飞去。

群豪自崖上凝视而看，目不敢瞬，只瞧得一颗心如在半空飘浮。

方歌吟始不着力，只放软了身子，保住了元气，受树身弹力，飞行了八丈，这时树身弹力渐失，方歌吟在半空的身一挫，众人崖上望去，心都为之一跌，但随即方歌吟身子一曲，猛地弹了起来。

这一下弹起，是靠真气强运，刹那之间，犹如飞前，破空向准对崖，冲飞而去！

众人见方歌吟内力居然如此之高，都不禁轰然一迭声喝彩，辛深巷叱道："噤声，噤声！"但他的声音，哪里罩得住喝彩叫好之声，却是连对崖都醒觉了，不少戍卒往山崖这边看来。梅醒非跺足叫道："糟了，这次糟了！"急得如热锅上的蚂蚁。

方歌吟凭一口真气，飞跃十丈，稍稍一顿，真气已然难继，他即施"血河派"的"倏然来去"，宛若御风飘浮，正是回止难期，若往若还。众人眼见他势消而落，却能如此御风而行，不禁又喝起彩来，这一来，连对崖的人也看到了半空这人儿，大呼起来。

方歌吟乘风而行，姿态曼妙，但去势却是缓了，却又飘行了七丈余，再借风势飘行，这时对崖的身形渐显，只见很多人奔走相告，并觑准自己落脚处挥武器包抄上来。

方歌吟肚里只连连叫苦。不过这下众敌不及放箭，只有几名

高手发出暗器，都被方歌吟轻巧接去，眼看距离又拉近五丈，离对崖只剩五丈有余，唢呐忽止，而鼓声大作，一响如一声雷，擂击在方歌吟心里。

此际方歌吟内功深厚，犹在“武林狐子”及“幽冥血奴”二人合并之上，是以华危楼的鼓声，震不下方歌吟，但方歌吟也无法强提真气纵跨，眼见只有五丈，身子却落了下去。

方歌吟悟性奇高，这下命在顷刻，他猛解下银箭，箭尾往腰带一缠，“嗖”地一箭，半空直刺过去，箭利劲沉，“噗”地竟射入坚岩里去。

方歌吟一手拏带，借力一抽，“嗖”地扯了过去，又拉近了二丈，眼见要越过对崖，可以绰绰有余，但好事多磨，红影一闪，一人出剑斩向银箭，“叮”的一声，银箭居然不折，那人便是大风，大风连斩数剑，“血河神箭”依然未断，倒是剑锋上崩了米粒大的一个缺口。

这时方歌吟又飘近了丈余，大风道人一回剑，“哧”地割断了布带，这当下方歌吟离山石只有二丈余三丈不及，便要废于一旦，对崖这边恒山殿的群侠，齐齐发出一声深叹！

方歌吟身形一沉，大风哈哈一笑，却见“哗”的一声，耀眼生花，一条二丈八的银鞭，已卷吞住岩石，一抽之下，方歌吟身形向自己这边疾弹而来！

恒山殿的人只见兔起鹘落，瞬息百变，方歌吟又扑向山崖，深叹未休，惊呼便起，轰然喝了一声：“好！”

方歌吟投向大风，连人带剑，便是一招“闪电惊虹”！

这一下舍身击来，又急又快，大风道人心战胆寒，他与方歌吟交手四次，这人武功一次比一次精进，迄今已不敢正撄其锋，要不是他急退得快，方歌吟距离尚远，这一剑还真闪避不过。

只听“噗”的一声，剑身没入岩中，方歌吟的功力，可谓已臻化境，断金碎石直如摧枯拉朽，对崖的群众，开始是战战兢兢，而今都舒了一口气，期盼方歌吟能有所作为。

这时众下磨刀霍霍，向方歌吟落脚处包抄过来。方歌吟施力过猛，还不十分运用纯熟，金虹剑便陷入石中，他视此剑如同生命，便猛力抽拔，大风道人偷偷自后闪至，掌心血红，一掌向方歌吟背心拍去。

方歌吟一面抽剑，左手银鞭回扫，“喀喇喇”一阵急响，飞沙走石，大风道人不知世间上竟有这等惊龙走蛇的鞭势，要不是他仗着血翼，腾空而去，这人挨着一鞭，也非给击落悬崖不可，当下吓得冷汗直冒；对崖的人看得目眩神驰，不住为方歌吟连珠喝彩起来。

第壹肆回

弓是良弓。箭是利箭。气气壮。

方歌吟四下受敌，背腹夹击，情况甚危。群豪发力狂冲，但两崖之间，相隔虽只数十丈，如从此山环下再复上彼山，却有十数里之遥，何况乱石嶙峋，宛若倒剑，又无山径可循，沿途尽是猛兽，一时怎过得去?

弓是良弓。箭是利箭。气气壮。

这时七八名“悬空寺”的高手，砍杀过来，七八人之后还有二三十人，方歌吟硬闯三十余丈，一口气未缓得过来，对崖的人情急莫已，但又无法奋袂挺身，抢将过来，只见方歌吟在险峻的山崖边缘，忽焉纵体，以遨以嬉，体迅飞凫，飘忽若神，那数十个人，还是打他不着，反有两人，收势不及，撞着一起，翻下崖去。

方歌吟歇得一歇，真气又沛，大喝一声，一手弯弓，一手搭箭，嗤嗤连声，连射倒十数人，其余的人，心惊胆战，方歌吟又大喝一声，连发数箭，这一箭连着二人，甚至连穿三人而过亦有之，众人懔其神武，抱头鼠窜。大风道人绕了一个大圈，欲自门顶击下，方歌吟见晨色一黯，已知所以，双掌撞天而出，“登峰造极”神功破掌冲去！

这下如排山倒海，大风道人虽居高临下，硬接一掌，也被激荡震起，方歌吟知此人罪逾容天诛，手下再不留情，急冲而起，左右手各发出了五缕指风。

大风道人一抓一引，以“吸髓大法”，意图将方歌吟所使的“长空神指”化去。这时鼓声早停，唢呐声悠悠持续，群豪在对崖，一面死守不移，一面不时转过头来紧张观战。

却见大风道人又是一震，狂吼一声，张口喷出一道血箭，原来方歌吟将“长空神指”之力，夹杂于“指镖”之中，袭入大风道人体内，大风的“吸髓大法”，未能将之化去消尽。

方歌吟挺身又上，一掌拍出，正是任狂所授的“从心所欲神功”，大风以双掌“化血奇功”硬接，身体已出崖外，要不是他仗着血翼翕动，早已落崖惨死。又四五十名敌人，要趁方歌吟力敌大风时施暗袭，方歌吟左掌压制大风，右手执二丈八尺银鞭，呼

呼舞动，无人得入三丈内半步。

这顷刻间忽听一声暴喝道："臭小子！"一人黄发大口，矫捷剽悍，硬闯而入。方歌吟不知此人就是大名鼎鼎的"倚天叟"华危楼，他以右手发鞭，那人连闯七次，俱闯不入鞭圈内去，但"血河神鞭"也未能将之卷飞。那人气得哇哇大叫。

原来华危楼，极端骄纵横蛮，傲慢乖戾，见居然夺之不下，心想只一个寂寂无名的臭小子，怎能栽在他手下？所以厉啸急攻，身子快如闪电驱至，不住变换身法，滴滴圈转，要攻入鞭影之内。

方歌吟依然单手对敌，但大半心神，都花在对付那老人身上，大风道人才得以一时之缓，正欲挣脱飞离，方歌吟掌力一催，竟运"龙门神功"，大风道人只觉人如舟子，在掀天巨浪中跌宕起落，全不能自已，连一口气都喘不过来，又怎生得脱？

华危楼数闯不下，心中恚怒：武林中几时出来了这么一个厉害角色！心中猛地一震，忖念："莫非是卫大师兄？"斜眼微睨过去，只见那人丰神秀朗，但容光闲雅清仪隽，却并非卫悲回的桀骜不驯、波磔意态。

华危楼知不是自己所惧所畏的卫悲回，才敢轻呼一口气，怒叱一声，双手自怀里抽出数截黑物，"喀哧""喀哧"数声连响，接驳成了一支长枪，攒刺横扫，扬挡挑决，震天的枪风，随着掀天的枪尖，冲入银光夺目的鞭圈之中。

猛听"呼——啪啪啪啪啪……"连声，银鞭已卷在黑枪之上，华危楼奋力内夺，方歌吟发力抽扯，两人俱纹丝不动，但他们所站的山崖侧沿，土石崩陷，不少沙石，纷纷往下溃塌。

其他围剿方歌吟的敌人，纷纷大呼大嚷，不敢上前。方歌吟以一敌二，不见劣势，反而是大风道人处境甚危。这时对崖的人见此，雄心大振，趁鼓声不续，唢呐已停，纷纷喊杀，冲下山去。

这时乐声不继，群兽无所适从，乱噬乱咬有之，但多为互相残杀，望见遍山同类，自惧起来，一半以上都夺路下山，四散而逃。

群雄聚众戮力，奋勇下冲，人人都是骁勇善战，一群无主野兽，又哪里抵挡得住？至于群豪鹄的，也志在悬空寺，一心一意，杀到山下，再冲上悬空寺来。

方歌吟与“倚天叟”华危楼、大风道人三人正相持不下，忽又有一人闪来，手持唢呐，奔绕猱近，狡狠莫已，双掌拍向方歌吟后腰“志室穴”“脊中穴”，脚反钩踢其右腿“阳交穴”！

这一招三杀，歹毒无伦。方歌吟左右强敌，背后又遇奇袭，就在此际，他背上金虹剑骤然射出，陈木诛眼见得手，却不料对方的剑，竟自行激发而出。陈木诛急忙收势，往后遽退——蓦觉背后是悬崖，顿得一顿，金虹大盛，已至眼下，他及时偏得一偏，剑锋“哧”一声插入了胛骨之中。

陈木诛痛极，大吼一声。原来方歌吟危急之下，运起“龙门神功”，功力透体，穿过剑鞘，将剑激出，金虹剑本非凡器，即自行射出，命中陈木诛。

但是方歌吟这稍一分神，便无余暇全力对付大风和华危楼两人。他在这两人合击之下，尚可稳占上风，加上陈木诛，也不致落败，只是内力已无盈余，大风道人乘机发动反击，薄翼“呼”地飞荡了出去，脱离了方歌吟的“龙门神功”笼罩之下。

大风道人得脱，“紫虚剑”发出淡淡紫气，回斩方歌吟。

大风若使出“幽冥血奴”剑法，方歌吟倒了然于胸，他的

“血河派”正宗“龙门神功”，正好克制大风道人的邪道武技，但大风道人施出正宗武当剑法，方歌吟不敢轻敌。

方歌吟这时剑已插在陈木诛身上，大风道人一招“剑指天南”挑来，情急中他自怀里摸出“解牛刀”，一格之下，“呵”的一声清脆微响，“紫虚剑”已被他的小刀削断。

大风道人“啊”的一声，他的“紫虚剑”，原是道家利器，而今跟这看来凡铁的小刀一碰，居然一削就断，不禁大骇。

就在这时，陈木诛心惊胆战，不敢恋战，负剑就跑，这下却反成最佳战略，乃因方歌吟视金虹剑尤重于己身生命，连任狂几次尚夺之不弃，何况陈木诛。方歌吟一时大急之下，全力纵去，追赶陈木诛。

华危楼忽觉铁枪一轻，“忽律律”一阵急响，“余地鞭”只剩缠着的几个小圈，霎时间枪身黑亮，鞭已不在，华危楼猛地醒悟，适才看来两人势均力敌，原来自己一直乃受制于人，方歌吟一旦要走，只要把鞭撤回便行，自己兀自强执铁枪，争持不下。

方歌吟一抽回银鞭，“啪”地半空响起一道鞭花，二丈八的长鞭宛若一道银色龙卷风般，卷了过去，缠住陈木诛的右踝，一拖之下，陈木诛“砰”地跌倒。“忘忧林”残余十数人要来救，方歌吟不用张弩，以手发箭，“游刃箭”又伤八九人，余人纷纷暴退。

方歌吟正想上前抽剑，后头一道急风，连忙伏首前掠，腰背微微一痛，知已着了一剑。却是大风道人，又多了一柄武当镇山的“苍木龙纹古剑”，趁方歌吟专注于陈木诛逃逸之时，伺机斩出，虽未得手，但也杀伤了方歌吟。

方歌吟负伤再战，他一手执鞭，无论如何，也不让他逃脱，不辞艰险，也要保住金虹剑，只是这一来他只剩下一只手，“解牛刀”晶光灿然，但力敌大风的“苍木龙纹古剑”和华危楼的“掀天枪”，就有些力有未逮，这时“巨灵”许长公在陈木诛撮唇作啸之下，抡舞钢锥，和“铁狼银狐”及费四杀、钟瘦铃冲杀过来，狠打急戳，围攻方歌吟！

方歌吟四下受敌，背腹夹击，情况甚危。群豪发力狂冲，但两崖之间，相隔虽只数十丈，如从此山环下再复上彼山，却有十数里之遥，何况乱石嶙峋，宛若倒剑，又无山径可循，沿途尽是猛兽，一时怎过得去？

这时“铁狼银狐”、大风道人、费杀、华危楼，钟瘦铃、许长公以及陈木诛，这会儿是敌忾同仇，只图先杀了方歌吟，方歌吟竭力以解牛刀法，游刃于数人之间，只求延挨一时，使群侠得以脱困。

以方歌吟武功而论，多了“巨灵”“铁狼银狐”、费四杀、钟瘦铃等人，并起不了多大作用，堪堪可与方歌吟战个平手，惟是方歌吟分神于正设法龟缩逃遁的陈木诛，怕遗失金虹剑，心有挂碍，为物所累，又受大风剑斩之伤，功力便大打折扣。

要是此际这些人全力抢攻，方歌吟恐早已一败涂地，只是华危楼边打边向陈木诛骂道：“叫你不要过来，你偏过来，万一万兽制那些兔崽子不住，抢了过来，就够你瞧的了。”陈木诛痛得哼哼唧唧，作不了声，大风道人怕“倚天叟”真个去打鼓，自己一人，可万万敌方歌吟不住，当下叫道：“盟兄，咱们还是先宰了这小子再说！”华危楼白了他一眼，悻悻道：“我自有分数，你怕死么？！”数人打打骂骂，未尽全力，方歌吟才一时不致落败。

费四杀目光一瞥，只见对崖已无敌踪，再看时敌人已冲到山下，他原本极为怕死，骇然道：“不好！”华危楼的“掀天枪”使得“呼呼”作响，矫捷龙腾，迫住方歌吟，方歌吟刀不盈尺，但依然攻守自若，“倚天叟”久攻不下，正是烦躁，叱问：“什么事大惊小怪！”费四杀急道：“他们……他们攻上来了。”

华危楼弹枪一看，果是如此，连忙奔走，大风剑法一紧，心里暗栗，大叫道：“盟兄，你去哪儿？”他生怕“倚天叟”跑走，留下他一人，制方歌吟不住。华危楼一面疾奔一面应道：“胆小鬼！让你老哥去敲敲，叫群兽追噬他们，咱们在崖上来个截杀，这叫前后夹击，一个不留！”

方歌吟听得大惊，怕华危楼以鼓煽惑群兽，追扑群豪，将心一横，把二丈八的银鞭抽出，飞卷华危楼，这下他双手得以灵活运用，力敌数大高手，丝毫不惧，这一来也惹火了华危楼，绰枪全力出击，以求先杀了方歌吟，再击鼓驱兽咬杀群雄。

这一战打得好不灿烂。

方歌吟以寡击众，愈战愈勇，便在这时，费四杀见情势不妙，偷偷想溜，方歌吟想起爹爹惨死，怒火中烧，不管敌人的枪雨剑风，猛冲过去，一把拿住费四杀的“关元穴”。

这一招却犯了兵家大忌，失了防范，华危楼“唰”地一枪，刺中了方歌吟胁下，方歌吟一招“玉石俱焚”，回了过去，迫得华危楼收枪暴退，而“解牛刀”毕竟不及金虹剑来得趁手，又不够长，所以及不着华危楼的身躯。

方歌吟两下受伤，战力大受影响，费四杀“关元穴”被他这一捏拿，登时气塞，晕了过去。那黑衣少年钟瘦铃见势头不对，也想开溜，方歌吟以“长空神指”，连封他肩头“缺盆穴”、小腹“天枢穴”、大腿“伏兔穴”，钟瘦铃摔跌下来，但方歌吟志求伤敌，不顾强敌环伺，终于一不小心，身子“蓬”地被“轰天拳”

击中背心。

方歌吟连受三记重创，便不如先前灵动，大风道人、倚天叟、许长公、铁狼银狐都觑出有机可乘，步步见逼，立意要诛杀方歌吟于顷刻。

这时群侠已从素女峰上，冲落到山脚下，才从山下杀到悬空寺崖下，怎及相救？

却在这危急万状的时候，一条黑汉滚地而来，足下一钩，便将铁狼绊倒，银狐勃然大怒，挥掌打去，黑汉以一敌二，战了起来。又听一声洪亮却平和的语音道："我们来助你！"

"哐啷"一声，一柄沉甸甸的金刀，刀口上有三个金光灿然的小环相互碰撞，发出叮当清响，在日头下灿然闪亮；原来旭日已现，光耀天下。

那看来宅心仁厚的颀长汉子，一刀砍下，华危楼横枪一架，"当"地一响，星花四溅，乍又没入阳光普照之中，那汉子退了三步，华危楼双足却钉嵌入土里。那汉子赞了一声："好膂力！"

华危楼正要破口大骂，乍想起昔日江湖上跟随萧秋水的一群人，惊问道："两广十虎？"那汉子横刀微笑："在下金刀胡福。"

忽听一人清叱道："还有'杂鹤'施月。"人影一闪，一人双手成"鹤凿"状，飞驰而来，华危楼以"轰天拳"应对，连击三拳，那女子"一鹤冲天"，又"白鹤飞来"飘过，再改为"黄鹤杳踪"势，已到华危楼背后，又以"鹤翅"手掌平拍向"倚天叟"脑户穴。

华危楼临危不乱，长枪回搠，在施月手掌触及他后脑前，倒撞她小腹"梁门穴"，这下一先一后，相差不及厘毫，也妙到巅毫，施月当机立断，知若一掌拍下去，自己先得中枪，立即"鹤

立鸡群”，举足而起，足尖踢歪枪尾。

华危楼人未回身，但枪尾一偏，反点施月足踝“冲阳穴”，施月知此势已破，绝难讨好，足尖忽然踢出，借枪尾一点之力，后荡而起，发出一声清啸，是为“鹤唳九天”势，掠回胡福身旁。

华危楼回枪要上，忽见一人，挺着毛头，向自己撞来，华危楼忙绰枪对准来人头顶，那人将头一偏，又向华危楼身侧撞来，他一闪那人又改了个方向，仍然撞来，如此换了七八次，那人仍是撞来，华危楼气急，一记“轰天拳”打了过去，“嘭”地击在那人头顶，那人被打飞一个筋斗，却一个翻身立了起来，摇晃了几下，便已没事，华危楼心忖：天下哪有一个人的头颅能硬得过自己的拳头的？当下一栗，喝问：“铁头洪华？”

那人傻忒嘻嘻地咧嘴一笑道：“少林洪。”蓦地一人大声呼道：“我不是‘两广十虎’的，我也来领教你的高招！”

这人高大豪壮，扑向下来，一出手，如闪电奔雷，已扣住华危楼枪身，正要夺将过来，华危楼心里大惊，忙运气紧抓长枪，不让夺去。那人夺之不下，一抬足，便向华危楼小腹的“太乙穴”踢来，出脚踢人竟比出手夺枪还快。

“砰”的一下，果然踢中华危楼。好个“倚天叟”，居然神色不变，但高豪老者怪叫一声，撒手身退，一足已是踬蹶。华危楼吐气扬声，喝了一大声，震得四下山坠，回响阵阵。

原来华危楼聚功于腹，硬受一击，虽被踢得下盘血脉一塞，但他内力深厚，随即没事。“千手剑猿”蔺俊龙踢了他一腿，却险些儿折了足踝，仓惶而退，“刷”地拿出“中州遗恨剑”来。

“金刀”胡福与华危楼对了一刀一枪，也为他膂力所震，右手发麻；“杂鹤”施月险为其所伤，心有余悸；“少林洪”洪华被他脑门击了一拳，也满天星斗；四人都心里有计算，知道“倚天叟”非同泛泛，纵四人联手也未必拔之得下，当下收拾平日戏谑意态，小心应付起来。

李黑那儿以一敌二，却刁钻伶俐，又诡计多端，自占上风；“铁狼银狐”被缠得竖发戟眉，却就逮这颗黑豆儿不着。“倚天叟”以一敌四，施月、洪华、胡福、蔺俊龙都颇感吃力。

但方歌吟那儿，可大大不同了。华危楼一去，又缺了“铁狼银狐”，大风道人自抵挡不住，陈木诛贪生怕死，趁机就地一滚，平贴地上一掠，挺起便跑。方歌吟因金虹剑仍嵌在他身上，所以施展“八步赶蝉”，追赶过去。此际他内力甚强，这普通轻功，被他使来，直如“千里不留行”，“唰”的一声，已赶过了陈木诛身前。这时方歌吟有两广十虎之助，加上良弓利箭，气更壮了。

大风道人一口气已打得喘不过来，换作平日，他又奸又鬼，一定乘机开溜，蛰居某处，过得些时日，再来雄图一代霸业，但而今当风一吹，但觉山风刮脸如刀，一生所筹划的大事，不惜遁入道界，由小道士起，以一身苦熬苦学的玄门正宗武艺，得人重视，又靠谄媚暗杀，夺得掌门之位，再扶贫济弱，赢得侠名，再借除暴锄强之便，窃取曹大悲的武功，另外得悉华危楼未死，如蚁附膻，百般讨好，以做自己后盾，更处心积虑，假貌伪善，使得各大门派彼此误会迭生，黑白消长，他趁此借“忘忧林”“七寒谷”“金衣会”“天罗坛”的力量，以企一举雄图。

而今他迎着旭日，身在高处，却觉莽莽乾坤，竟无他立身之地，名门正派之清誉，已为他一手捣碎，扶危济倾之望，也成了过街老鼠，人人喝打，他花尽心血建立的局面，一层又一层，尽为所灭，大风道人忽觉天下虽大，却无何处去。他狂吼一声，展起血翼，往方歌吟背后扑去。

方歌吟截住陈木诛，陈木诛心胆俱寒，“闭门造车功”中的一式“关门大吉”，一面封招，一面退，方歌吟身形一晃，并不立即出手，待陈木诛封守完毕，破绽又露时，才一掌拍去！

陈木诛胸前中了一击，呆得一呆，“啪”又中一击，陈木诛五脉翻腾，连忙以“铁门闩”封闭，但意念甫生，“啪”又中了一掌，方歌吟这招“龙门三跃”，连拍三掌，陈木诛哪里禁受得了，嗷嗷狂叫，痛彻心肺，退了七八步，大风道人却疾如鹰隼，斜眼觑准，“苍木龙纹古剑”，一剑急刺方歌吟背后。

方歌吟大喝一声，闪电出手，“解牛刀”铠的一响，架住剑尖，左手倏出，抓住金虹剑柄，运力一拔，“嗤”的一声，已自陈木诛体内抽回，回剑一挑，解牛刀也运力一挺，咯噔一声，大风道人的“苍木龙纹剑”又告被折为二。

大风道人接二连三地迭遭惨败，就算是铁石铜人，只怕也为之颓然，但大风却是遇强愈强，越战越狠，他兵器既失，猛一咬舌头，竟喷出一口血雨，“哗”地向方歌吟迎脸罩来！

这便是“化血奇功”的绝技。然而使这法门的人，牺牲极大，要知舌尖于人而言，十分重要，而以齿咬破舌心喷血射人，需要大量血水，这门功夫虽十分霸道，但伤舌之后，三数十天难食难言，也属必然。方歌吟一时闪避不及，鲜血当头骤淋，全身一寒。

但他体内的“龙门神功”大力，一遇外侵，即自行护体，所以寒气虽侵，但无法伤及方歌吟奇经百脉。不过这血雨打在方歌吟眼皮之上，方歌吟已及时闭目，仍觉十分刺痛椎心，方歌吟一时间睁不开眼，大风道人大喝一声，身子划了一道大弧形，双手力拍方歌吟左右“太阳穴”。

这双手所凝聚的是“吸髓大法”，不管对方练的是什么神功护体，这双手要是打中，即可让对方神智全失，变为白痴。

方歌吟刚遭大风道人在前喷血，背后又来凌厉风声，知是大风仗血翅划弧形攻来，在这危急万状间，方歌吟急使一招“海天一线”。

这“海天一线”一出，方歌吟全身上下，尽是守势，大风道人这下拍去，无疑等于将手掌送往剑尖，而这剑又非同凡器，乃是金虹神剑，大风道人只得收手撤招，方歌吟瞑目不视，却随而递出一招“咫尺天涯”。

大风道人接过这一招，得知此招一旦接上，因招生招，以招变招，不绝如缕，当下仗着薄翅，“呼”的一声，倒飞出了悬崖。

他甫出悬崖，忽听一人喝道：“妖魔！别走！”“嗞嗞嗞嗞”，数缕指风，破空袭来。

方歌吟一听指风，心里大喜，知是桑书云等到了山顶，终于熬过了险关。

第壹伍回

收场

宋雪宜又是一笑，笑靥生春，无限低迷，只听她道："这话我到黄泉之下，是要说与他听的……"说罢皓腕一翻，倒转剑尖，"哧"地刺入她自己的心脏，金虹剑登时一片血红，血滴自剑锷淌下，涌出了宋雪宜雪白的指缝。

大风道人本来就因气塞胸膛，无所适从，便没想到要逃，但数攻不下，胆气愈怯，退意又萌，而今却听桑书云一喝，心知群雄已上得山来，他心慌意乱，退志更炽，仗着血翼滑翔，便要飞过对崖遁走。

只是他进退之下，抉择仓惶，“长空七指”破空射来，他受伤不轻，闪避不及，有五缕指风，竟打中他的左边膜翼，“特特特特特”五响，射穿了五个小孔。

这时宋雪宜也上得山来，一见战局，又瞥见方歌吟目不能睁，知其双目为人所伤，而大风如悍鹫般就在他之后，她何等急智，立即叫道：“吟儿，敌人在‘同人’……”

“同人”乃是方位，方歌吟听风辨位，素得宋自雪在黑暗石洞中调练，“血河鞭”“啪”地卷去，大风中指在先，血河银鞭如蛟龙一腾，“噼啪”击下，半空又作四个变化，兼打左首之“巽”位、“离”位，右首之“节”位、“损”位，大风吃力回飞，“啪剥剥”连声，他右边羽翼，全被鞭碎！

“啪嗒啪嗒”，羽膜被鞭劲震碎，这下大风道人可惨了。他左翼穿孔、右翅全碎，山风狂飙，凛冽袭来，他身处百丈深的半空之中，真是吓得魂飞魄散，忙提气欲掠回崖上，但脚下空荡，怎有借力余地？要借驭风滑翔至对崖，但只剩左边穿孔羽翼，欲振不起，沉浮数晃间，终于发出一声撕心裂肺的惨叫，蓦地落了下去。

方歌吟这时可勉力睁开一丝眼缝来，只见大风道人衣冠翻动，翻转辗腾，一面拼死挣扎，但落崖之势，陡急不止。

那一声惨叫，依然荡入耳鼓。桑书云叹了一声，道：“原来的、实在的、伪作的三个‘幽冥血奴’，都是葬身崖下。”言下不胜唏嘘。

这时陈木诛脸色惨白，颤颤颠颠地捂胸站了起来，梅醒非和全真子一齐扑了过去，方歌吟有不忍之心，道："饶了他吧，此人已身受重伤，不易治好。"全真子收剑而立，梅醒非微一皱眉，却道："这厮是罪魁祸首，没有了他，'忘忧林'之役就不致如此荼毒生灵了。何况，严苍茫就是给他害死的，要不是他，天象大师也不致深咎于心了。"

陈木诛抚胸喘息，狠毒的眼神，睨扫诸人。这时大局已定，"悬空寺"上的人，断不是如猛虎出闸、恚愤中诸侠的敌手，早已投降的投降，死伤的死伤，逃亡的逃亡，只剩下华危楼以一敌四，愈战愈勇，李黑也将"铁狼银狐"打跑了，加入了战团。

这时五人力敌华危楼一人，只见东倏西忽，人影恍错，始终久取不下。桑书云和宋雪宜知"倚天叟"确有一番惊人艺业，也加入了战团。

华危楼见敌人愈来愈多，情知不妙，他的"轰天拳"如连声闷雷，迭急击出，李黑一不小心，撞在凝在半空的拳劲上，几被震晕过去。"千手剑猿"蔺俊龙的"中州遗恨剑"，是非同小可的利器，一直缠住华危楼的"掀天枪"，华危楼颇感不耐，一抬足，"啪"地踢中蔺俊龙手腕，蔺俊龙手中"中州遗恨剑"脱手飞出，"噗"地刺入丈外土中，诸侠之前。

蔺俊龙也是一个遇敌愈强愈是勇悍的人，他的"中州遗恨剑"一脱，又拔出"血溅秦淮剑"，打得一回，华危楼双指一弹，"叮"的一声，这剑又脱手飞出，落在"中州遗恨剑"之旁。

"千手剑猿"怎能服输，拔剑又战，这次使的是"白猪王子剑"，又斗得一回，华危楼以"掀天枪"一格，那口剑又飞了出去。

（按："千手剑猿"蔺俊龙这三把剑都大有来历，详见《神州奇侠》故事系列）

可是"倚天叟"已愈战愈左支右绌，桑书云是"三正四奇"中人物，"长空神指"是武林一绝，宋雪宜杂识博略，更难对付，至于施月等五人，都是身经百战的老江湖、老前辈，越打下去，越见出他们的功夫根基，毋论大马金刀，或东西奔窜，都长力强、实力盛、威力猛，华危楼久战不下，绰枪就跑！

胡福大喝了一声：""哪里跑？"挺刀要追。华危楼忽然坐步侧身，"嗤"一记"回马枪"，这下劲急狠辣，胡福老实，追敌时不疑有他，施月及时将他衣领一揪，长枪穿裆而过，险中胯下，李黑就地一滚，双手钳住铁枪，华危楼正要抽扯，见方歌吟长身挺剑追来，便弃枪不要，往寺前掠去。

施月一提胡福，怪责道："怎么你又重了几斤？"胡福一愣，叹道："可惜肉都不长到脑子去。"数人之中，若论武功，要算他最高，基础也最深厚，可惜就是憨憨直直，易受人欺。李黑正想调侃他几句，忽听"咚"的一声，胸口如被擂了一拳，眼前发黑，金星直冒，看别人时，也是脸色倏变。

"倚天叟"这时已窜上悬空寺前，手屈成锤，捶击大鼓，击得几下，人人都动弹不得，而且远闻怪兽嘶吼，看情形又势将聚集，群攻而上。

桑书云一念及此，勉力前行，但"震天鼓"声，腾腾如雷，桑书云方才举步，忽睹星移斗转，原来他近日来受伤累累，耗力近竭，支持不住，几乎仆倒，幸而宋雪宜以手相扶。两人奋力护住心脉，但要护卫别人或采主动攻击，便在所不能了。

至于梅醒非等武功更低一筹，虽五内急灼，但却无法可施。唯一可以对抗的是方歌吟，但他受伤处，鲜血逆涌，功力大打折扣，吃力趋近几步，被震得血气翻腾。

桑书云知道方歌吟或许可以挽此狂澜，他自己寸步难移，便设法用话分华危楼的心。“华老头，你放下拳头，不再擂鼓，你我无怨无仇，我不杀你。”华危楼也是老江湖，焉听不出桑书云的用意？当下不去理他。

宋雪宜眼见此情势，心知华危楼最不服气的是什么，当下在鼓声起落之间朗声道：“华老，你击了一世人鼓，什么震天、轰天、掀天、倚天，到头来还得不到一个伊小深！”

桑书云听得心头一热，很想叫宋雪宜不要说下去，宋雪宜却伸出手来，悄悄按住他的手背，这时华危楼气得胡须戟张，宋雪宜再加了一句道：“你要是真的英雄一世，为何连个女人都保不住，嫁了给桑帮主？”宋雪宜的用意是激华危楼恨绝，起而攻击桑书云，自己俩人只要支持得一会儿，让方歌吟毁了“震天鼓”，便不怕他了。

不料华危楼听了，鼓声稍缓，但神态却十分猖狂，哈哈大笑道：“贼婆娘，你少为贼汉子激老夫，姓桑的贼汉虽娶了伊小深，却未得到她的心，她最珍爱的三件宝物，一件也未送了给他。”

宋雪宜扬声问：“什么最珍贵的三件宝物？”她是意图引华危楼说话分心，在他心神不定时猝起袭击，却偏首微睨，见桑书云神色惨然，心知问错，不应勾起旧事，心中无限歉疚。

华危楼恨笑道：“是不是！连三件珍物，也不知道，伊小深哪里爱她，伊小深爱的是我！她的对联、古筝、绘像，既未送我，便跟她香消玉殒，永埋红尘去了，何曾交给了这贼汉！”

桑书云听了气得全身发抖，宋雪宜从未见过他如此恚怒过，从此可以揣想他对亡妻爱念之深。宋雪宜低垂蛾眉不语。华危楼又敲得数声，桑书云因奋力前行，图手搏“倚天叟”，所以被震得经脉出血。

桑书云低哼一声，不理一切，仍然前行，宋雪宜急相搀持，方歌吟浑浑噩噩中，只听得“对联、古筝、绘像”，不禁迷迷惘惘起来，暗忖：莫非是……当下吐气扬声道：“那卷轴绘像，可是一淡妆女子，襟佩珠花……”

只听“统”的一声，华危楼本是一拳往鼓面击下去，这下声响甚闷，旁人不觉什么，倒反是华危楼嘴角渗出血来。“倚天叟”的声音，像极吃力才问得出话来：“你……你怎知道？……那卷轴……还写着些什么！”

方歌吟努力记忆，道：“那卷轴上写着笔势飞动、笔迹犹劲的‘仿佛兮若轻云之蔽月，飘飖兮若流风之回雪’……”华危楼向天惨叫三声：“是她！真是她！果然是她！”血已从他嘴边咯了出来，他惨笑问：“你……你还见着些什么？”

方歌吟回忆道：“……还有一架古筝。”华危楼紧接着问：“什么颜色的？”方歌吟迟疑了半晌，道：“……朱红色的。”

华危楼愀然而笑，笑意里似有无限苦涩，道：“她……她送了给人……毕竟还是送了给人……”忽然眼神闪过一线希望，急道：“你在哪里见着了……这些东西？！”

方歌吟见他如此神伤，心觉不忍，照实直答道：“是在龙门急流之中，卫掌门遗体之旁……”华危楼一听，斜着窜至，拳头不住擂在大鼓上，发出暴石急瓦般乱响，一面瞪目唇张，呼吸困难地喘着问：“……是大师兄……她，她，她喜欢的根本还是大师兄……跟我……无关……我……自作多情……”神色萎靡至极，简直非但判若两人，而且枯颓到不成人形。

忽尔狂笑起来，挥拳向大鼓击去，一面狂笑问：“那对联……写些什么？”方歌吟知这人神志痴狂，不忍相欺，答道：“朱弦一拂遗音在，却是当时寂寞心。”

方歌吟念得一字，华危楼击鼓一下，一边笑一边打，凄怆至极，到得了第十四响，笑声遽绝，鼓音未沓，他仰天倒下，鲜血自嘴边不住溢出，又自悬空寺的石阶上缓缓流了下来。

原来大凡以魔术心法慑人者，如遇强敌，对方将法力反震过来，自己必反受其害。“忘忧林”主陈木诛曾以“慑魂迷心功”对付天象，却给天象大师以佛门“狮子吼”所破，因此被震伤了经脉。而今华危楼知数十年自醉迷梦，尽成泡影，伊小深由始至终，根本没有稍假颜色于他，他还以为是对方深蕴含情，不便表达，却不知一直另有所属，便是大师哥卫悲回。

这种打击莫可抵御，也无可雪怨，他只有状若痴狂，自绝经脉，以鼓声反震，终致绝经断脉而殁。

“倚天叟”一死，其辖下的门徒顿失靠山，都纷纷投诚。桑书云兀自怔怔不语，宋雪宜侧首斜腕，若有所思。正在此时，白影一闪，陈木诛疾扑向宋雪宜，左手执“苍木龙纹古剑”，右手持“紫虚剑”，这两剑为大风道人所遗，虽已被削断，但锋锐非凡，他情知难有逃生之望，见宋雪宜显然是这四下群雄的领袖之一，他未与其交手过，欺她是女子，想偷袭于她，将之击倒，好威胁众人放他一命，所以猝起突袭。

宋雪宜本机灵过人，冰雪聪明，若有人施暗袭于她，可谓小偷遇上了大盗，只是她此时心神不定，神志恍惚，而桑书云、方歌吟也因“倚天叟”死得如此凄厉而怵目惊心，无暇相顾，眼见陈木诛就要得手，蓦然三道剑光，分三处袭来，一齐刺穿了陈木诛的身子。

陈木诛惨号半声，便已毙命。这三剑原来是桑小娥、车莹莹、清一刺出的。这三女都是机灵可喜、心细如发，她们三人先后曾在厮拼中遭受过敌人乍然偷袭，以作要挟，所以特别警醒，陈木诛猝施偷袭时，三人不约而同，一齐抽拔出地上“千手剑猿”遗落之剑，截刺陈木诛，陈木诛本已身受重伤，又变起肘腋之间，满以为一击得手，却枉自送了性命。

三姝联手，居然一举杀了强敌，都自震诧得呆住了，又有些不知所措。宋雪宜抬头柔笑道：“谢谢。你们都很好。”桑小娥笑道：“宋阿姨不要客气。”宋雪宜忽然眼睛一红，向方歌吟招手道：“吟儿，你过来。”

方歌吟自惭卫护师母不周全，便过来跪下，宋雪宜知他所思，叹道：“我叫你过来，不是要责备于你。桑姑娘对你很好……你千万莫负了她。”方歌吟一怔，有些更不好意思，连忙说“是”。桑小娥没料宋雪宜会当众这般说出来，两片红晕陡地飞上了玉颊。

宋雪宜依然叹道：“我是说认真的……不要像我和自雪……”又向方歌吟说：“让我看看金虹剑……”手拿金虹剑，仔细抹拭，轻轻弹拂，甚是爱惜。忽然抬头向桑书云一笑，像春雪融化一般轻矜可喜，道：“桑帮主，有缘无分，情何伤人心？帮主乃掌握天下正道之领袖，万万要看得开去。”桑书云一愣，不明所以，但见宋雪宜她神容甚是奇特，也不敢相询。

宋雪宜微笑看看方歌吟、桑小娥两人，道：“今后天羽门，就看你们的了。”方歌吟又是一愣。宋雪宜又向桑书云一笑道：“书云，你看我好看么？”

这边桑书云也断未料到她公然敢在天下群豪面前，提出这问话，这时山风猎猎，阳光明媚，只见她皓玉般的人儿，如此殷勤探询，真个回肠荡气，连塞北的风光都为之明媚起来。桑书云本就磊落嵚奇，不拘世俗，当下坦然道：“好看，好看极了。”

宋雪宜又是一笑，笑靥生春，无限低迷，只听她道：“这话我到黄泉之下，是要说与他听的……”说罢皓腕一翻，倒转剑尖，“哧”地刺入她自己的心脏，金虹剑登时一片血红，血滴自剑锷淌下，涌出了宋雪宜雪白的指缝。

数人齐齐惊噫，人影倏错，待要相救，已来不及，大家焦急若焚，但都不敢触及剑锷，怕拔剑反致速死，宋雪宜身子微曲，手紧执金虹剑锷，凄然笑道：“我有个请求……吟儿，这把剑就给我陪葬……”说至此句，轻哼道：“生……要能尽欢，死……”终于香消玉殒。

方歌吟大叫一声：“师母……”创口暴进，情急之下，竟晕了过去。余人俱不知这恨天教教主因何忽然间自杀而死。桑书云却悠悠出神，心里一直有个声音在喊：她是为了他！她是为了他！——“他”便是宋自雪，七年前下落不明的他，今日仿佛仍在山头，或化作方歌吟，或化作宋雪宜，或化作金虹剑，始终和大家在一块儿，并肩作战，生死与共。

桑书云却不知道，宋雪宜的死，当然主要是为了宋自雪，只是其中也有为了桑书云部分。自从毒杀宋自雪后，七年来，宋雪宜没沾染其他情缘，天底下她心里只有宋自雪，但见桑书云后，她的心里防垒开始动摇了。她开始时冷若冰霜，却因桑书云对宋自雪比她想象中更义重，所以牵动了情丝，她是个烈性女子，她一定在自己未变心前，杀掉了自己，以绝这发展的可能，唯有这样，仿佛才对得起遭受自己残害的宋自雪。

到最后，唯有死。

方歌吟悠悠转醒时，群豪大多已散去，费四杀和钟瘦铃二人，也趁混乱中逸去。方歌吟父仇未报，自是痛心疾首，辛深巷善察色辨容，询及何事，方歌吟一一详告，辛深巷引咎自责，没逮住费杀师徒。方歌吟当然表示不关乎辛深巷的错失。梅醒非却一直留在桑书云身旁，怕他有什么闪失。

全真子、成问山、徐三婶等调度兵马，安顿后事，方歌吟想起“两广十虎”仗义相救，便想过去拜谢，但遍寻不获，李黑、胡福、洪华、蔺俊龙等人，早已去如黄鹤。

方歌吟谢别了诸人，见桑书云神色甚劣，哀伤含郁，桑小娥一直依偎相傍，不敢稍离，方歌吟便也过去，垂手静立。桑小娥替他包扎伤口，涂上金创药方，方歌吟只闻衣襟发香，自认识桑小娥以来，东征西伐，一直鲜少有过此等旖旎风光。

方歌吟一直谨慎相随，桑书云却是心里分明。这时山岚激吹，衣袂翻飞，桑书云看似胸醉在山河秀色中，浑然忘我，但却忽道：“你用不着挂碍我，我不会有事的，你不必相伴。”觉得说话的声音使方歌吟一时间感觉到岁月飞逝了许多，桑书云也苍老了许多似的。

方歌吟自是不肯离去，桑小娥要逗桑书云高兴，便说：“爹，我们了了此事，不如轻松一下，到哪里玩去？”桑书云一笑，却不言语，心里忖念：当日他见伊小深郁郁寡欢，自己也曾经引她说过这话啊！却不料……想到清绝秀丽的宋雪宜之死，心中一悲。

桑小娥见方歌吟愣愣地不会说话，将足一跺，撒娇道：“大哥，你说嘛，到哪里去玩啊？”一面狠狠向方歌吟打眼色，方歌吟当然会意，但一时也自伤感中抽拔不出来，随应道：“到峨嵋去……”

猛才想起，自己听胡福等谈起，大侠萧秋水今年中秋，将到峨嵋的事。天地苍茫、千里回首，他还是想见那人。桑书云这时心中一紧，他毕竟是一帮之主，平日多照顾他人，最知人心里所思，他心里一惊忖念：不能因自己的老怀易愁，感染这两个年轻人身上去啊……这时辛深巷也一瘸一拐，艰辛地走过来，低唤了一声：“帮主。”

桑书云执紧他的手，他的手暖如一颗温热的泪。辛深巷低声道：“帮主忙了这些日子，也该歇歇了，这儿有我和梅二，还罩得住。”桑书云握着他的手，声音在喉里哽咽着，他极力装作没啥事似的：“你……你也该歇会儿了。”辛深巷正要摇头，却听梅醒非拊掌大声道：“对，对，对！帮主和总堂主，都该闲一闲了……”他故意朗声问数千名长空帮子弟道：“帮主和总堂主辛苦了这些日子，他俩随方大侠等云游些时候，让咱们来留守，你们说，应不应该啊！”众人对桑书云爱戴至极，一起震天闹哄起来，齐声喊道：“应该！”

更有人说：“是啊！”“好极！”辛深巷在风中被桑书云搂着，悄悄低下了头，桑书云在如雷的叫好声中，点了点头，又再用力地点了点头，向方歌吟与桑小娥道：“好，去峨嵋一趟也好。”

说完了之后，又再肯定地点了点头。

于是众人整队下山，各自散去。清一系恒山掌门，只好清目含泪，婉转相送，众人见这妙龄女尼力承艰巨，心里都暗下叹息。莽莽恒山，顷刻即回复亘古寂寞。辛深巷正向梅醒非嘀咕交代些事儿，桑书云遥望恒山，怔怔出神。方歌吟将宋雪宜尸首伴着“金虹剑”，葬于恒山绝岭上；少林、武当经此重挫，数十年之内几乎一蹶不振，后来幸得大智圆融的高僧、真人，才得再度名震神州。长空帮、恨天教经此大劫，也结合为一体。方歌吟身兼天羽、大漠、血河三派掌门，而东海劫余岛一门，却因宗主严苍茫之殁，而绝灭于江湖，随“武林三大绝地”“血河车”“三正四奇”“普陀二十神龙”一般，烟消云散，正可谓“三秋一过武林已把你迅速忘怀”。

第壹陆回 重逢

侠而无儒者之知，自是匹夫之勇；唯若儒而无侠者之行，岂不迂腐？

却说方歌吟、桑小娥偕同桑书云、辛深巷、车莹莹诸人来到了峨嵋山，这时薄霜满山，秋高气爽，到得了中午，霜都消融了，俟得了晚上，又结了霜。桑书云等寄宿于峨嵋山万年寺中。这万年寺建于晋代，据说李太白曾在此听过绿绮琴，这里附近长老坪一带，崎岖高峻，气候千变，晴雨无常，至秋季尤甚，是谓“白水秋风”之胜。

到了晚上，方歌吟、桑小娥出来闲步，只见中天一轮皓月，明照万里，很是清寂。“啊，明晚儿便是中秋了。”回想，小时中秋所发生的事儿，恍如一场梦一样。只闻普贤殿内，书声琅琅，尤甚于诵经念佛之声，方歌吟知是应考书生、硕学名儒，都在此间修习，那时风气尚文偃武，蔚然成风，皓首穷经之士，在所多有。方歌吟因而感触到近些年来，他修习诗书者少，练武争战者多，时光都在江湖斗争中消磨罄尽，此刻面对明月，耳闻书声，不禁心有长喟。

这时寺门“咿呀”一声，一葛衣书生，步了出来，摇头晃脑，边走边吟：“青青子衿，悠悠我心。但为君故，沉吟至今……”方歌吟少时在“江山一剑”处求学，乃以经书为主，武学为辅，这是祝幽性情所使然，也是方歌吟性所近也。方歌吟犹记取祝幽在解释这阕《短歌行》时说：“曹操在作这首歌时，踌躇满志，以为可以挟天子，令诸侯，正在横槊长江，面对赤壁之战，在大江明月之中，沉诵此诗。却不料往后便有赤壁之败，使得他如‘月明星稀，乌鹊南飞。绕树三匝，何枝可依？’唉，天下间霸业王图，到头来骷髅红粉！”方歌吟当然不知师父为何感叹如此之深。

那人依旧吟哦背诵，掠过方歌吟身侧，目光斜睨，“咦”了一声，方歌吟目力极佳，习于在黑暗中视物，望去竟也轻噫一声，原来两人都感到熟稔，却不知是在哪里见过。

两人既觉眼熟，但又想不起哪里见过，便不好招呼，就在这时，在月色下一人仓仓惶惶，唰地闪过，似被人追赶得急。方歌吟眼尖，一见那人，便知是杀父仇人费四杀，却听得一人大喝："费杀别逃！"却正是那书生所喊。方歌吟立即恍然，跳起来道："你是沈哥哥！"

那少年初听他一叫嚷，呆得一呆，也自喜道："你……你是吟弟！"

那费四杀却趁两人欢喜间，逃得影踪不见，方歌吟情急要追，却见山下又掠上两条人影来，以为是钟瘦铃，连忙蓄势待发，定睛看去，原来是"袖里乾坤"徐三婶和全真子二人。

只见二人气喘吁吁，敢情是追费杀追得急了，二人一见方歌吟和桑小娥，忙稽首揖拜，方歌吟连忙回礼，徐三婶道："适才'勾魂手'费四杀经过此地，方大侠可有见着？"方歌吟慌忙道："徐前辈千万不要如此称呼，直叫在下名字便好。"

徐三婶笑道："不叫大侠，叫少侠好了。"全真子接道："只不知费四杀往何处溜了？"方歌吟道："确是从这边逃了，没把他抓着，真是惭愧，只不知……不知此人又因何事惹着了两位？"

徐三婶笑眯眯地道："惹'长空帮'么？现下谅他也没这个胆子。"方歌吟自知失言，全真子比较淳厚，即说："少侠有所不知，自从辛总堂主得悉费杀师徒乃少侠仇人后，即嘱梅二堂主全力搜捕，这些日月长空帮各处搜索此人，便要抓他来见方少侠。"方歌吟听得热血沸腾，心中感动，一时没了言语。

全真子瞄了瞄势头，道："方少侠旧友重逢，正好叙叙旧，我们先告退了。"方歌吟想起一事，便问："那费四杀……"徐三婶即会其意，笑道："方少侠放心，这点'长空帮'还办得到。他既上得了峨嵋，我们就把山下包围得铁桶也似的密，还怕他飞得上天？"说着便团揖唱喏而去。

方歌吟见两人要走，忽问道："那成……成老英雄呢？"徐三婶色闪过一片阴霾，问："成老爹么？"方歌吟见徐三婶神色消沉，本来只想问候几句，现下都不知该不该问了。

全真子却道："'十二飞星、寒鸦点点'成问山成老英雄，在恒山之战后，因独子及媳妇儿都战死，郁郁寡欢，回去耕作，没多久也就撒手尘寰了。"方歌吟一时不知如何说是好，只能"哦"了一声，全真子随着伤感中的徐三婶，渐而远去。

这时明月窥人，树影扶疏，只剩下了方歌吟、沈耕云、桑小娥三人。

桑小娥冰雪聪明，道："你俩叙叙，我陪爹去，顺道儿整治些酒菜，给你俩叙用。"沈耕云笑道："这位是弟妇了？"桑小娥粉脸一红，也不理会，纵身向庙里掠去，耳际犹传来方歌吟落落自得的笑声，道："沈哥哥，小娥的手艺极好，正好让您大快朵颐。"

桑小娥的倩影消失在万年寺后，月色下，方歌吟与沈耕云的手牢牢握在一起，良久说不出话来。

方歌吟道："沈哥哥，可记得隆中日月乡的事么？"沈耕云笑道："记得，那晚的月儿，也有今晚这么圆。"方歌吟道："后来还有大雷雨哩。"沈耕云望望天色，只见密云乱布，远在天边，道："今晚可没有。"方歌吟道："也许明晚有。"沈耕云恍悟似道："啊，明晚是中秋。"两人又一时都找不到话儿来说。

又是方歌吟先开腔道："这些年来，可都惦挂着沈哥哥，不知你到了何处。"沈耕云笑道："我还不是一样。"又补加一句道：

“要不是逢着了费四杀，还不敢认取你就是吟弟。”

原来二人当年中秋，为救幼童共同御敌时，还十分年幼，这十余年来容貌变化极大，那时费杀已是青年，容貌定型，反而十年来变化不大，二人倒一认就出。方歌吟笑道：“沈哥哥好雅兴，来这山上念书？”

沈耕云不直接作答，反问道：“吟弟这些年来，还未放弃刀光血影的生涯？”方歌吟自是一愣。要知道昔年沈耕云最爱舞刀弄枪，听此语气，似个性上大有变更。因道：“沈哥哥不在天羽门下吗？”

沈耕云沉吟一会，叹道：“吟弟弟，这事说来话长。”两人选着一株枫树，倚背坐下，沈耕云忽道：“这江湖上的血腥风雨，又怎及经史诗书的浩瀚学海？吟弟，还是放下屠刀，立地成佛吧。”方歌吟笑道：“我在江湖中，可也没做什么恶事呀。”

“没干啥坏事？”沈耕云瞪了他一眼，半晌才缓缓地说：“我小时候也好武弃文，你也是知道的。令尊大人武功非凡，但也才识冶博，他多勉励你勤奋治学，少与人争强斗胜，这些你都记得吧？”方歌吟不知他指的为何，只好径自点头。

原来二人少时，常在一起，交谈自家发生的事。方常天自武林洗手退隐，对江湖风雨，甚是了然，故只望方歌吟习武以防身就好，其他时间，应专心读书，所以常去信于祝幽恳请他多教圣贤书。祝幽个性近文远武，也正合其意，所以在“江山一剑”疏喻指导下，方歌吟学的多是文墨，武功也偏于静坐修行，是以武功才如此不济，初不及桑小娥、严浪羽、铁狼银狐等之一击，及至宋自雪亲身调教点拨，才得有所成。

方歌吟听沈耕云提到自己的父亲，自是唯唯诺诺，沈耕云又道："你道我又是怎么改变过来？我少时顽皮好武，恩师萧何尽竭教我，我还是避静取道，洋洋自得。这日跟天羽派中师兄弟遨游以乐，待得饿时，才发觉迷了路。我们三两人蜷伏在红树林内，又饿又倦，忽闻一阵香味，不禁食指大动，循香走去，才知道传自一破旧农家之中。"

方歌吟不知沈耕云因何说起此事，但知必有缘故，所以仔细聆听。

沈耕云继续说："那时我少不更事，好玩爱斗，挟技遨游，这下闻得鸡香，原来是一对夫妇和一个小孩子在专神烤鸡，那小孩子伸手指往油亮亮的鸡皮上一蘸，说：'要吃，要吃，我要吃吃鸡鸡。'那汉子忽没耐烦起来，伸着扇般大的手掌往那小孩头上就是一拍，狠狠骂道：'这鸡岂是你吃得的。'那妇人自'啊哟'一声，急忙翻转铁叉，啐骂道：'待会儿烤焦了，那就有得你们受了。'那庄稼汉也回骂道：'什么你们我们，你也不是一块儿遭殃！'我那时饿得什么似的，年少无知，只把话听进去，也没仔细琢磨过，则带着两个师兄弟，老不要脸地进去讨吃。"

沈耕云缓得一缓，又道："我们进得了门，才知道三人之中，竟无一人带得钱，心想吃些东西，又不是不给钱的，先赊着再说……那对夫妇听见敲门声，初很惊惶，一个说：'他们来了。'另一个说：'怎么来得如此之早，鸡还未烤好。'我那时也不知他们说谁，便跟他们道明原委，要吃这只鸡，那庄稼汉见我们几个是少年，也没在意，听我们说要吃鸡，没好气地要赶我们出去：'什么？吃鸡！你们在吃我的命根呢！要饭的也不看看是不是富贵人家！'挥手要赶我们出去，那农妇比较和善，见我们饿了半天的样子，便说：'厨房里有些糠粥，还有两个硬馍，我们就只吃这些了，给了你们算了。’我们那时不知她是好意，以为他们自己吃鸡，却给我们吃硬馍，太没人情味，所以心中不服气。岂知那汉子作状要打，骂道：‘臭要饭的，还不知足，看我连个锅巴都不赏你！’我们听了，皆勃然大怒。那地上坐着的小孩，哇呀一声地给吓哭了。’

“我们那时无名火三千丈，真是又饿又累，我便出言相讥过去：‘你凶什么凶，不给我们不会抢！’我这话原本只是一时火起，顶撞回去，也没想到后果，那庄稼汉抓起铁锹，似怒到极点，戟指骂道：‘小兔崽子，不给便要抢，长大还得了！’那妇人要劝阻，也制不了，他挥锹劈将过来——”方歌吟不禁“啊”了一声，心里揣测着结果如何：老庄稼汉伤了自己的好友，固是不愿，但沈耕云若伤了那农汉，更是无辜，正在揣叵不下时，沈耕云摇首叹了一声又道：“那时我书读得不多，一天只顾挥拳踢腿，见那庄稼汉打来，也不想自己理亏，挥拳打去，那耕田大汉空有膂力，却不会武功，两三下给我打倒了，我的两个师弟，气不过又上前踢了两脚，那庄稼汉在地上一面挨揍一面痛骂不休：‘小杂种，你们跟那猪狗不如姓骆的畜生，都是一个坯子……’我们听了‘那姓骆的’都是一愣，但听他骂我们‘小杂种’，心中更怒不可遏，脚踢拳打，那汉子禁受不住，晕了过去，鲜血自他嘴角流了出来，我们这才知道闯了祸，都不敢再贪吃图馋，那妇人哭得呼天抢地，那孩子也哇哇大哭，我们心里忐忑狂跳，闯出了木门，狼奔豕突，竟给我们觅着了回路，回到师父那儿，都不敢将事情说出来，蒙被遮脸，但因做了亏心事，一晚都合不上眼……”

方歌吟忍不住问：“那汉子怎样了？有没有受伤？伤得重不重？”沈耕云苦笑了一下道：“到了第二天，我们扪心自愧，偷偷摸到该处去，却见那农家叫人给封了，家具器皿，打得一地稀里哗啦的，地上还有一大摊鲜血，我们莫名其妙，问附近邻居，他们都不敢说话，畏缩不语。我们问了一人又一人，后来一个白发苍苍的老人，禁不住道：'说就说了，那姓骆的做出这等伤天害理的事，不讲出来也叫苍天无眼！'我们见他悲愤，忙问是什么事，又向他保证说出来我们保护他，当时露了两手给他看，那老公公才说了。"方歌吟也不禁倾耳用心地听，看究竟发生了什么事儿。

"那老公公义愤填膺地说：'我们这儿叫广南兴村，住着个姓骆的仕宦有钱有势，作威作福，平日贪食好色，见这家人吴南氏长得标致，便图染指，吴南氏自是不从，那姓骆的便想着诡计，要吴阿汉替他烤鸡——'"说到这里，方歌吟"咦"了一声，问："怎会请他'烤鸡'？"

沈耕云颔首道："是呀。当时我便问：'为什么偏要吴阿汉烤鸡？'那姓程的老爹便说：'吴阿汉是这里最擅长烤鸡的好手，可以令人垂涎三尺，远近驰名，他未耕作有田前，便是靠这手绝活儿养了一家三口，那时他老娘还没死……唉，他这一家真不幸啊……'程老爹说着又一顿足，拭泪骂道：'老天爷真不长眼睛，偏偏吴阿汉撞着一班无赖泼皮！'我诧异问道：'什么泼皮无赖？'程老爹便说……

"'正当吴阿汉专心烤鸡的时候，便有几个小狗跑了进来，伸手讨食，还扬言要抢，近来村内正发鸡瘟，吴阿汉怎肯将烤鸡给他们？给了他们，附近一只鸡都没有，除了姓骆自家饲养的外，哪里还有鸡卖？其实姓骆的之所以要吴阿汉烤鸡，也是巴不得他失手烤坏，他便可以借故发火，侵占吴南氏。那几个小兔崽子，也不知哪里学来的三脚猫功夫，打伤了吴阿汉，扬长而去，这还不要紧，待吴南氏惊觉时，烤鸡已成了焦炭，当晚那骆府的家丁来讨，讨不着鸡，便要赔，赔金赔银还好，他们指定要赔人，要吴南氏陪那姓骆的王八一宿，那吴阿汉恁地鲁莽，不由分说，便要赶跑那些恶奴，那些奴才恶向胆边生，拳打脚踢，吴阿汉本已伤得不轻，再这一轮发狠横打，不支倒地，竟被格毙……'我那时听得又惊、又怒、又惭愧，一时不知如何是好……"

方歌吟也听得怵目惊心，不意武林之外的世界，也是这般蛮不讲理，弱肉强食，沈耕云继续转述下去："那程公公又说：'那班狗仗人势的恶奴，兀自不休，要扯吴南氏，吴南氏性子刚烈，拿着烤鸡的铁叉相抗，其中一个狗奴才，见吴家那孩子哭得烦心，便举起来往地上一摔，哪哪哪，地上凝着的血渣儿便是了——'我听得惊怒交迸，忙追问吴南氏现下怎样子，在哪里，也好救她出来，尽点心意……"方歌吟不住点头称是，沈耕云却长叹道：

"那老爹一拍大腿，骂道：'吴南氏么？丈夫死了，孩子也不活了，她还活来有啥意思，便将铁叉往自己喉咙一刺，刺死了自己……小老弟，咱们广南兴村的妇人，性子刚烈得紧啊……'那时我听着，只恨不得一个雷轰下来，将我们震死的好。"沈耕云顿了一顿，接道：

"后来我们一想，决意替吴家报仇，便探听得那姓骆的所在，进去一刀将他杀了，再放火烧了宅子，第二天却听传言道，那一把火，烧了整整一天半，偌大院子，死了七十多口人家，来不及逃的童稚小孩也有七八个……我们一听，知道又是做了错事，可是当我们放火烧屋时，还以为扶弱抑强，替天行道哩……"

方歌吟听得也脸上一片黯然，那沈耕云又道："这事我一直耿耿于怀，便对恩师说明了，恩师初时大怒，后听我忏悔懊丧，反而相劝慰道：‘大丈夫行走于江湖，错机杀人，或杀戮重些，自所难免，也不必如此抛不开、放不下。’我听了心忖：杀错一两人，没有干系，但如错杀的是自己或是自己的亲朋戚友呢？那便如何了？自是要报仇，但怨怨相报，究何时了？快意恩仇，几时才能恩仇了了？一个人如果随便可以错杀一两人，几万人下来岂不是枉杀了几万人？那跟杀人不眨眼的大盗、贪官污吏又有什么不同了……”沈耕云双目平视方歌吟，道：

“我开始是以为一只鸡，惹得我们双手腥血，但仔细想来，却也不是。我们之所以迷途不返，皆因挟技游荡，胆敢闯入民宅，乃仗一点小本领；居然与人争食打斗，因为有一点微末的功夫；至于火烧骆家庄，使其他的人也遭受无妄之灾，乃生自我们自以为行侠心肠，管不平事，到头来，害了无辜，都拜这‘一身功夫’之赐。你说学武一事，旨在伤人炫己，到头来害不害人？江湖上、武林中、官道上、僻径中，多则是高来高去的所谓仁人侠士，什么急人之难，救人之命，白花花的银子花不完，一叠叠的银票使不尽，到处自逞豪态、炫技逞能，所花的钱，从何而来？说的是劫富济贫，但其中有多少像吴阿汉的祸事，只是他们作案后神龙见首不见尾，不曾听得罢了。别人辛苦工作赚钱，始得盈余，却跟他们一个抑强扶弱，都抢去了，岂不比狗官搜刮更无理？至于所谓成名，乃在杀人如麻，逢战必胜，刀口上舐血，枪尖上挑人头，这死去的如许人，哪个不想出名的？哪个是没爹没娘等着奉养的？这江湖上的名头，简直比俗世中的功名富贵，杀的人还要多啊……有道是：成者为王，败者为寇；赢的付出代价，那还值得，但败的为恶邪，永无翻身，这武林恩怨、江湖风暴，真永世无休吗……这风波里有多少千万只鸡惹的祸事呀……”

方歌吟只听得一片茫然。沈耕云道："我领悟这些以后，便不想学武了，偷偷离开了恩师，心里头觉得对不起他，有负他恩厚，但他杀戮过重，我不能如此跟他耽下去……"方歌吟知他尚未得悉，义勇好战的"追风一剑"萧何，已在"七寒谷"之役英勇战死了。

沈耕云笑笑又道："我从一只鸡的祸事省悟，便不再练拳脚，只修习圣贤书，学学作诗，闲来填词，台阁规模，典章文物，也略通晓些。以备将来出仕时以致用。读圣贤书，以铜为鉴，可正衣冠，以古为鉴，可知兴替，以人为鉴，可明得失。今日为兄的将此番话相劝于你，虽不至比干剖心，皋夔进谏，但句句都是由衷之言，愿你能溯源求本，弃武就文，才不致沉沦于血腥风雨之中，永不超生……"

方歌吟静默良久，时皓月中天，方歌吟沉吟道："沈兄洵洵儒雅，才藻澎涌，乃博识君子，今晓以大义，弟恭聆教谕。这些日子里，小弟的正从数场历劫中余生，而今想来，荼毒生炭，血洒长街，万里生悲，实罪不容诛。只是武林中的事，应以'止戈'为重，江湖上的事，以'忠义'为原则，不一定以杀止杀，以血偿血。沈哥哥常读圣贤书，莫非在敦品修心，用以行之于天下，克己复礼，推己及人，若知而不行，又有何用？侠而无儒者之知，自是匹夫之勇；唯若儒而无侠者之行，岂不迂腐？今朝廷腐败，江山变色，沈兄出仕官宦，也怀抱激浊扬清，澄清天下之志，我等则在莽莽江湖上，做些'义所当为'的事而已，方可相互配合，殊途同归，又有何不可？"

沈耕云见方歌吟侃侃而谈，秉正不惑，直抒胸臆，自己的话，只望有针砭作用，当下苦笑叫了一声："吟弟。"方歌吟应了一声，双手紧握沈耕云的手，两人在月华下，都忆起当日年幼时奋勇退敌的情景，不禁怃然。沈耕云微笑道：

“昔日我好玩，你好读书，我常诱你到溪边捉虾捞鱼，山上练拳踢脚，今日这机缘，却倒转了过来了。”方歌吟赔笑道：“后来哥哥跟了萧师叔，我跟了师父，师父好文，师叔近武，也正好合了我们心意……却未料今日见面，竟实际如此不同。”

沈耕云在当世名公巨卿中，已获重视，灿然名动诸侯，文采风流，只是方歌吟荒疏已久，未近文墨，故不知“沈追莹”三字已是当代儒仕中仰之弥高的名字；至于方歌吟，此刻已是武林圭臬，啸傲烟霞，令江湖中无人不歆然翕服。只是两人随缘触机，各有不同际遇而已。但两人都不免感觉有些格格不入，沈耕云笑着起身，拍拍身上所沾下微尘，歉然道：

“我还有书要读，今日的事，望大家心头记住便了。”方歌吟也知其意，站起来道：“沈哥哥不吃一顿再去……”沈耕云笑着摇首道：“不了……”方歌吟忖念沈耕云可能官职在身，不便与自己共进餐食，当下改而笑道：

“适才沈哥哥踱过，我还未认出来，却听沈哥哥念道：‘但为君故，沉吟至今。’”沈耕云微一沉吟，喃喃念道：“但为君故，沉吟至今。”乍抬头，两人击掌一笑，沈耕云返身踽踽行入寺中，方歌吟犹背负双手，只见对面岷山重重，微有雪意，雪势却十分淡薄，若有似无。方歌吟记得萧秋水从前曾偕唐方上峨嵋山，时亦有遇，却不知那时萧秋水在想些什么？

第壹柒回 散场

这剑划破苍穹，如一击闪电！方歌吟见势不妙，不及思索，飞冲而去，伸剑一拦，铮然一声，那一剑就刺在方歌吟的天下最佳守招“海天一线”上。

翌日。小两口子为了逗引桑书云开心，便央他到处逛逛，桑书云虽有些黯然神伤，但并不糊涂，心里明白方歌吟、桑小娥随缘触机，想能碰巧见着大侠萧秋水，偿了夙愿。这日天气温良，天际邻有浓云舒卷，但也不似有什么滂沱大雨的样子。众人在“九老仙府”附近玩了一会儿。

“九老洞”是峨嵋山最幽胜处，寺宇依山而立，锡瓦藏经，其中菩提叶经、贝叶经都由印度迎来寺中，到九老洞分东西两口，内洞尤其深邃，要曲身俯伏才能进去，黑不见五指，蝙蝠飞翔，雾气蒸腾，还有处较宽广，礼观音、财神像，香火幽暗，石鼓都成动物相，殿旁还有很多幽深小洞，辛深巷因行动不便，留在洞外休息，没有进来，初时大家都着意相伴，辛深巷执意不肯，后来留下车莹莹与他聊天，其余三人，才肯放心进洞。

这里洞穴七曲九回，岔洞极多，有一处还可以直通到笔架山，据说那里有仙水，可以治疗百病。方歌吟想到那笔架山是昔日“三正”击落曹大悲之地，怕勾起桑书云不快，便没有去。这些洞易进难出，但对这几个武功高强至极的人来说，并没有什么，他们便随着洞势摸索出来，眼前一亮，只见一八角形的池塘，微波不兴，水作碧色，甚是晶莹可爱，只见水塘上有“岩谷灵光”四字。

这时气候转劣，密云飞掠，桑小娥知方歌吟昨夜逢着多年故友，但彼此却有隔阂，格格不入，心中郁勃难舒，她便温言说笑，逗桑书云、方歌吟二人开朗起来。见那“岩谷灵光”四个字，便温颜说笑道：“看哪，这灵光是不是指‘洗象池’。”原来这池的名字便是传说中普贤五骑白象在此洗澡之处，故因此得名。

桑书云博学广闻，笑道：“这灵光指的是佛灯。”桑小娥便问：“什么是佛灯？”桑书云道：“佛灯忽聚忽散，忽而闪烁明灭，忽而金灯万盏，不问风雨晦明，白昼长黑，总有此灯，有若无尽灯。”他顿了一顿，又道：“据说这里萧大侠当年未和唐方分手前来过，萧大侠在此忆起他当年的兄弟，唐方却问他道：‘假若我有一天也死了，你会不会带你的女孩上山来，指着那灵灯说：我怀念唐方。’萧大侠正想答话，后晴天霹雳一声，遂而遭人暗算，后来急转直下，唐方受伤，返回蜀中，致使萧大侠一生耿耿长恨……”

桑小娥听了，怀念昔人，不禁泪下。桑书云知爱女任性好闹，但天性善良，借故走开，方歌吟便温言相慰，桑小娥含悲问：“有一天……有一天你和我……也会不会是这样……”方歌吟搂紧她肩膀，叹道：“有一天……我百日生命时，不是已分开过吗？既已分开过，那就一生一世，都不再分离了。”桑小娥含泪又嗔笑：“真的……你不骗我？”方歌吟急道：“当然是真的！”便指天要立誓，桑小娥按住了他的手，红着脸儿啐道：“傻蛋，谁不信你来着，也不怕爹爹看见要笑话。”

方歌吟搔搔发后，道：“你不相信，我只好立誓了。”桑小娥破涕为笑，故意嗔道：“我不相信，你发誓也没用。”方歌吟又急了：“那你信也不信？”桑小娥见他急成这个模样，笑着依向他道：“信了信了，信了你这个傻小子了！”

隔得片刻，桑小娥悠悠地道：“我知道了。”方歌吟奇道：“知道了什么？”桑小娥低声道：“我要是唐方姊姊，一定会来这里。”方歌吟茫然不解：“来这里做什么？”桑小娥轻轻地道：“来这里……怀念萧大侠呀。”方歌吟默然半晌，忽道：“我也知道了。”桑小娥诧道：“你知道什么？”方歌吟无限感慨地道：“我想……我想萧大侠也一定会到这儿来的。”

这时“轰隆”一声，长空一道闪电，铅云低压，秋风更劲。桑书云青衫飘扬，走过来问：“你小两口子聊什么没完？”桑小娥、方歌吟都腼腆难以启齿。桑书云一笑道：“还是快回去吧，辛大叔只怕久待了，他手脚不便，下起雨来，苦了莹莹。”

方歌吟、桑小娥一听，自是心急，便自洞内爬出去，洞里黝黑异常，到出口时，却见洞口给一大石塞住，只有接缝处隐透一些微光，三人心里一凛，暗忖：这下可为敌所困，成了瓮中捉鳖，却不知外面的辛大叔、莹莹安危如何？当下心意激荡，五内如沸，方歌吟先向洞口平贴掠去，不意“砰”地撞了一人，那人“啊哟”一声，似料不到黑暗洞里亦有人掠出来似的，方歌吟功力深厚，撞得一下，却无受伤，那人却仆了一大跤。

这时洞口隙缝传来辛深巷的高呼道：“小心，是强敌，下手不必容情！”那人“慑”地爬起，手持左右两支黑乎乎的东西，向方歌吟处扑来，方歌吟怕那人在漆黑中伤了桑小娥、桑书云，又听辛深巷在洞外如此说，他便仗着昔日宋自雪黑不见指的石室中所训练的锐利目力，运足“龙门神功”，“呼”地一掌打去，那人要格，焉封得住？“哎唷！”一声，倒飞出去，背后撞在山壁间，便没了声息，已不活了。

方歌吟扬声叫道：“辛大叔，敌人有几个？”他内力充沛，这一喊话，震得山洞里滚滚回声，此起彼落，他怕桑氏父女受不了，忙压低了声调。只听辛深巷在洞外道：“就只一人。”方歌吟道：“已给我料理了。”只听一声欢呼，大有欢愉之意，便是车莹莹的声音。方歌吟等听二人都没事，也自宽了心。

“格勒”阵响，那大石移了开来，辛深巷、车莹莹笑脸相迎。方歌吟让开一边，使桑小娥、桑书云先行出洞，他便倒拖着那人尸身出洞，甫出洞外，辛深巷大力拍方歌吟膀膊，笑道：

“恭喜你手刃仇寇。”方歌吟不明所指，辛深巷指那覆面尸首道：“你打死的便是钟瘦铃。”原来方歌吟等三人入洞至洗象池后，辛深巷、车莹莹谈天说地时，巧逢气急败坏、到处匿逃的钟瘦铃，辛深巷行动不便，只好由车莹莹跟他打了起来，两人武功相去不远，辛深巷径自在旁以语言分其心神，钟瘦铃武功本就稍逊车莹莹，加上分心，便渐落败，但车莹莹不敢杀人，对敌经验不足，久战下去，迟早为钟瘦铃所趁，所以故意用话相吓，使钟瘦铃以为又有敌人来到，便躲入洞中，以图背水一战，不致腹背受敌；这却正中辛深巷下怀，封了洞口。辛深巷情知方歌吟等武功高绝，只要自己从旁监视，并及时出言示警，定必手到擒来。果然方歌吟一出手之下，钟瘦铃筋折骨断，五脏震裂而殁。

方歌吟见自己无端报了一半的杀父大仇，不禁怔怔出神。时风云舒卷翻涌，五人便到大坪寺暂歇，那大坪寺又名“伏虎寺”，大侠梁斗等遭“八大天王”中“人王”邓玉平的迷药暗算，后为萧秋水上华山破费家埋伏所救，即在此处。在牛心山顶，冰霜薄履，共八百七十五级，前后分首坡十一折、次坡六十一折，天寒地冻时，滑竿夫亦视为畏途。众人上得山顶，微噫一声，只见后山有三人，足不跨步、膝不弯曲地疾上山来！

原来这伏虎寺建于牛心山顶，后山更峭峻险夷，有九十三个曲折，共三千二百八十二道陡级，有“倒退蛇”之称，更有“大坪斋雪”之胜。观下山腰疾上的三人，纵高伏低，身手敏捷，如履平地。桑书云转战一生，什么人没有会过，心中暗惊：这是什么人，竟连自己也未曾见过？

这时三人已愈奔愈近，在雾雨骤纷中隐约可辨，竟是一僧一道一尼，道姑脸有铁色，僧人腋下还挟着一人，却看不清楚是谁，道人居然只见背影，原来是倒退上山的。三人挟在一起疾走，丝毫不见窒滞碰撞，而合在一起，令人立感到一阵严如斧钺的感觉。桑书云一失神间，几乎要呼出："三正。"但觉不可能，终于没叫出来。

只见三人飞步上山，脸不红、气不喘，那额头光油油、肚子涨卜卜的大和尚将臂中人一放，喝问："是不是他们！"那人被这和尚在崇山峻岭间挟着疾奔，早已吓得魂不附身，现下喘了好一会气，才道："是，是他们……"方歌吟看去，只见那人白衣白脸，只在须绺处几丛暗影，却不是"忘忧四煞"中的老四是谁！他刚刚杀了钟瘦铃，现又撞着费杀，顿感冥冥中真有天意，断喝一声，一掌挥出。

那和尚喝道："好小贼！居然敢冲着我们伤人！"那道士却霍然回首，回臂横溜，"砰"的一声，两人均退二步。

方歌吟自从龙门奇遇以来，武功已臻化境，未被人真正击退过，那道士这一格，竟然斗得个铢两悉称，各擅胜场，却见那道人惊异之色，不在自己之下。方歌吟心里有气，忖想：我与你们无怨无仇，何故要阻止我报父仇？！那道士却一声暴喝，道：

"兀那小狗你奶奶雄果有两手，妈巴羔子的王八加三级再接我一拳瞧瞧！"

说着"呼"地一拳打来，他这一拳没有什么出奇，但比任何人使出这一拳都快，都拿捏得准，都力大。方歌吟没想到这脑袋瓜子小小、眼细细、满口白牙的老道，一开口竟七八不离十尽是骂人的话，正错愕间，那道士已挥拳击来。

方歌吟又冲臂一格，"砰"的一声，又各退两步。那道人越战越勇，再冲一拳，方歌吟也是一拳挥去，“砰”的一声，各退一步。两人武功高绝，遇敌愈强，反而愈能发挥。两人各运气功护体，高手较技，进退躲避之间相差往往不逾分毫，交手数招间半步未退，两人运功愈强，反而力争相前。两人三次对掌后，撤开相斗，方歌吟胜在杂学庞洽，妙着纷呈，那道人势头凶锐，但终究不敌，渐落下风。

那尼姑双袖一展，拦在两人之间，叱道：“让老娘来收拾这小子！”那道人悻悻然身退，兀自骂道：“这小贼有两下子，武功好得造反，别阴沟里翻了船！”竟不屑以二攻一。那尼姑板着一副别人欠了她一辈子债的脸孔道：“你放心，翻不了的。”双袖拂出，方歌吟只觉她双袖如刀，运舞起来，旁边的杉松也为之飞晃不已。

方歌吟避得稍缓，差点没嚓了一袖，只见她，忽而袖里出拳，忽而拳里伸指，五指如刀，戳将下来，方歌吟忙施展宋自雪的“天羽二十四式”，以手作剑，与之厮拼了起来，两人掌风呼呼，袭得杉松东倒西晃，两人在峨嵋“倒退蛇”梯级指道之间，倏分倏合，忽东忽西，迅捷无筹，惊险至极，瞧得桑小娥、车莹莹、辛深巷等手心都捏了一把汗。

那尼姑拳法诡异，一腿微跛，但武功另创蹊径，狠抓恶挖，稍一不慎，即要血溅当堂，哪有什么佛道高人的修心养性？两人打得难解难分。但久战之下，方歌吟的武学甚广，非拘一格，只见他纵横前后，悉逢肯綮，那尼姑盘打戳劈，却渐见涩滞，打到后来，方歌吟如舞蹈一般，随手而应，姿态曼妙，那尼姑呼吸渐重，不成章法，那和尚大喝了一声：“贼婆娘，快快退下，真叫人笑歪了嘴巴！”

那女尼一招“燕子入巢”，掠出战团，却犹不甘，回骂道：

"看你贼秃驴又有什么能耐，敢将人瞧得小了！"那大和尚哈哈一笑，居然一低头疾撞过来。方歌吟慌忙抵挡，交手几招，便知这和尚功力犹胜前两人。那道士和尼姑，居然在旁助兴吆叫，却不是给这和尚喝彩："喂，臭小子，别千不败万不败，给这和尚打败了！""小畜生，你可不能输，输了就把我们的脸面都向那顶上没毛大肚秃驴丢光啦！"

辛深巷一听，猛然一震，高声叫道："住手，住手，各位请住手，有话好说。"那和尚自是不理，又顶着肚子向方歌吟疾撞过来，方歌吟正是手忙脚乱，对辛深巷的话一向言听计从，忙跃开住手，那和尚见方歌吟一跃就开，自己根本缠他不住，当下心知肚明，哈哈一笑，紧接着叹了一声道：

"小子有几下子，年纪轻轻的，倒像了个十足十……唉，可惜就是不学好！"

方歌吟大奇，心中嘀咕：我像谁了？我什么地方不学好了？……却听辛深巷恭谨地问道：

"三位前辈，可否赐示晚辈高姓上名？"方歌吟见辛深巷如此恭敬，知必有故，桑书云却眼神一亮，似猛地醒悟起什么人物来了，只听那和尚兀自踢踢拖拖，笑道："喂喂，你俩瞧，这人考究起咱家万儿来了。"

那尼姑板着脸孔道："我叫什么，干你们屁事，跟人打架，又不是跟名字打架。"那道士气呼呼地道："我就是老杂毛，你又怎的？"

辛深巷即笑道："如在下看得不差，三位便是当年威震华夏、名动八表的萧大侠身边三位大将心腹，'潮州屁王'铁星月铁大侠、'阎王伸手'陈见鬼陈女侠以及'大肚和尚'乌鸟大师三位前辈。”方歌吟听得脑门翻翻滚滚，似被马车辗过一般，一时不敢相信刚刚跟自己交过手的三人，便是昔日声名如雷动于九天之上的三位奇侠。桑小娥、车莹莹都“呀”地叫了出声。

那和尚笑道：“嘻嘻，居然还有江湖小辈，记得咱们。”语气中敌意消了不少。那女尼哼了一声，道：“不错，我便是陈见鬼。”那头小身粗的道士贼忒嘻嘻地笑道：“对啦，对啦，我就是‘屁王’铁星月，货真价实，如假包换，要不要我放个屁印证印证。”

辛深巷脸如土色忙不迭地道：“不不不，不，谢了……”说起铁星月发屁，人人都闻“屁”色变，“屁”不虚传，是断断“敬谢不敏”的；要知道这铁星月、陈见鬼、大肚和尚都是当年“神州奇侠”中顶天立地、雪志冰操、弘道舍身的英雄人物，但为人突梯滑稽，却没料到老来还是玩世不恭，骄纵成性，依旧不改当年。

那大肚和尚见对方识得自己等人的威名，而自己却不识得人家，却是说不过去，便问道：“你们又是谁？怎么一上来就不由分说，死缠烂打？”

方歌吟等顿时为之气结。明明是对方一上山来，便没头没脑地恶战了一场，却反过来骂对方蛮不讲理，真是横霸得紧。辛深巷涵养却好，笑态可鞠地道：“我看是一场误会。这位是桑书云桑帮主，刚才与你们交手的那位，喏，便是天羽、大漠、血河之派当今掌门方歌吟了……”

三人脸色互相觑，那陈见鬼的脸色，却是和缓了下来，道：“原来是几位。真是不打不相识……”原来桑书云、方歌吟在江湖上颇有侠名，就是隐身尘世之外的僧道尼，也略有所闻，这三人向来敬的是真英雄豪杰，登时脸色便好看多了。

那大肚和尚笑道：“原来是你，无怪乎取之不下了。”他一面说一面抚摸着大肚腩，好像觉得原来是方歌吟，便没丢了脸子。铁星月却劈头劈脑问道："你是那桑书云么？那其他'三正四奇'呢？怎么只剩下你孤零零一人？"铁星月这一问，正触动了桑书云的伤心事，辛深巷忙截道："这事说来话长……"

陈见鬼见辛深巷抢着讲话，她生性好斗，无论大事小事，都要斗斗方才甘休，所以也截问道："什么说来话长，你们好不讲理，"她一手指着车莹莹道："你们抢了他妹妹，还把人家逼到无路可走，是仗着几手功夫，便要横行霸道么？！"

铁星月也跟着道："这事撞着咱们手里，不管你们是天王老子，我们都管定了，这叫锄奸除逆，辞不容义！"大肚和尚连忙纠正道："是义不容辞。"铁星月横了他一眼，差些儿要翻脸地道："还不是一样，做好事不迟迟疑疑老计较一言半语，真是吃化不古！"陈见鬼听不过耳，又反唇相讥道："是吃古不化！"铁星月一时为之气结。

方歌吟等却不明所指，茫然不解。辛深巷是何等人物，眼珠一转，呵呵笑道："三位有所误会，这位女子是我们一家人，是什么人的妹子来着？她既非捆绑也未制穴，你们可以问她呀！"三人本正在互相顶撞中，听得此语，不禁一呆，见车莹莹一双盈盈大目，正掩着嘴笑，情知自己三人已上了别人家的当，但三人骄横惯了，铁星月马上就说：

"你的话我本来相信，谁叫你未说时豆眼骨碌碌地一转？这骨碌碌地一转，分明不是什么好东西嘛！"换作别人，定必要恶言相向，但辛深巷城府极深，最会排忧解患，便微微笑道："这贼眼溜溜是在下的不是，就此向各位谢罪。"说着抱拳唱喏，又道："却不知三位是听什么人说的？现下这位方少侠正在缉查一人，此人无缘无故，残害了他的父亲，正是要找他复仇，听说大侠可曾见着了？”三人一听，知是被费四杀所愚弄，正要找他时，却发现费杀，早已不知去向。

原来三人遁出江湖以来，天天拌嘴吵架，也有一番逍遥快活。今年中秋，他们联袂到峨嵋来，因知萧唐骑鹤钻天坡之典故，便想来此地遇大哥萧秋水，却不料人未见着，遇到了一个狼奔鼠窜的白衣人，铁星月多事，便拦住追问原委，那费杀见三人手上功夫了得，便故意乱嚼舌根，编了一套谎言，使三人动了侠义心肠，上山来寻衅。费杀私心所望战衅一启，他便乘机开溜。这风尘三侠，直肠直肚，不知世人险诈者多，而诚信者少，便不分青红皂白，与方歌吟厮拼了一场。

费杀已溜，三人心中只一迭声地叫苦，心忖，这次闯祸，忒也大了，却听桑书云悠悠笑道：“这厮想溜，我已将之点倒。”

三人心中一喜，偏头看去，只见费四杀脸如土色，倒在地上，原来他趁三人跟方歌吟厮搏之时，趁机想逃，但怎逃得过桑书云隔空射穴的“长空神指”？桑书云连封了他右腿“风市穴”、左腿“环跳穴”，费四杀便行不得也哥哥了。

这时三人情知受骗，怒火如焚，方歌吟也仇人见面，分外眼红，费杀知这番难逃大难，当下一咬牙，双手往地上一按，往山下石阶翻了出去，一路砰砰碰碰跌了下去，方歌吟“嗖”的一声，如一支疾箭射落了下去，待费杀身形遭石磴稍阻，他已接住其身体，这时费杀已跌得脑浆迸裂，当场气绝了。

此人为求医好他被萧秋水震断筋脉的一双腿，千方百计，混上了血河车，借阴寒精铁之气，并借用石室，杀方常天以灭口，但腿是医好了，命也丧在这峨嵋山上。方歌吟“噔”地跪下，仰拜苍穹，哭道："爹，我给你报仇了……"

这时天空"喀喇"一声，电照长空，轻雷隐隐，窒滞郁闷。忽闻后山远处，有一声大哭。众人一震，顷刻之间，第二声大哭传来。众人脸相向觑，相顾骇然。这时又传来三声震天长号。"噼喇"一声，又一道闪电，大雨眼见倾盆而下。

道人变色道："是萧大哥！"陈见鬼叫道："在钻天坡！"大肚和尚喝道："快去！"

三人疾掠而出。桑书云和方歌吟对视一眼，桑小娥疾道："爹，大哥，你们快去，我和莹莹，照顾大叔！"桑书云、方歌吟应得一声，施展小巧绵软功夫，迅疾无伦地尾随僧道尼钻入洞中，往骑鹤钻天坡奔去。

出得了洞口，眼前豁然开朗，这时雨丝如绣，五人掠在雨中，也不顾雨势大小。五人急奔一回，到了"洗象池"，只见"岩谷灵光"四字，不住闪烁，似有似无，又见四周空寂寂的，哪有半个人影，池塘在雨中，溅起千万微波，看去直如金粉繁华，旖软盛哉，但纵观全局，不过是微波涟涟的荷塘秋水而已。五人一时怔住，都见池边面向"岩谷灵光"的青石板处，有两个整齐的刀削般的脚印深深。

"他来过！"铁星月呼道，言下怆悲至极。四人只觉天地间无穷遗恨，一一涌来；池水中泛起千点万点仿佛皆是往事蒿莱的鞭丝帽影。

就在这时，"呼"的一声，那岩壁上来了一个身形灵忽的人影，自上俯下，也似悠然神往。大肚和尚忍不住长声叫道："萧大哥！"那人身形一震，却是没应；陈见鬼也呼道："唐方姊！"那人亦没有应。

三人互觑一眼，料定不会是萧秋水或唐方，吆喝一声，分三边包抄掠出，那清瘦身影似是一惊，想撇头就走，但对这里又似恋恋不舍，就此一霎之间，稍迟一瞬，三人已然攻到。

大肚和尚喝问："你是谁？！"铁星月已一拳挥到。那少年人洒脱自然，嘴边仿佛还挂了一个不在意的笑容，但凛然不惧。三侠初以为只不过是黄口孺儿，轻易可手到擒来，但三人裂大如腐的拳脚，那少年都能顾盼拟合，信手而应。又打了一会，三人竟只占了上风，一时夺之不下。

方歌吟、桑书云都大见惊诧。今番在峨嵋山，屡遇奇人，只憾未见着萧秋水，就只这一个顽强少年，武功都足以令人啧啧称奇了。

三人各逞奇技，一时夺之不下，那少年招法快慢洪纤，指法转折如意，但应敌经验，毕竟莫如三人，这时三人配合数十年的经验，三人一体，如手使臂，如臂使指，一气呵成，眼看就要击中那少年，那少年见危在顷刻，蓦然一闪，"噼喇"一声，一剑自他手中而出，却犹若天外飞来，划破长空。

这剑划破苍穹，如一击闪电！

方歌吟见势不妙，不及思索，飞冲而去，伸剑一拦，铮然一声，那一剑就刺在方歌吟的天下最佳守招"海天一线"上。

方歌吟只觉一股锋摧刃折的锐气，直冲而来；那少年却觉一道深堪磅礴的内力，反回荡来。两人都收足不住，直落了下来，但都恐玷污了池水，各自提气一飘，力落于池水两边。

两人对峙无语，暗自钦震。这时雨势渐收，随时转晴。然三侠站在岩顶，如受雷轰电震。大肚和尚颤声叫道："……惊天一剑！"陈见鬼也厉声道："你会使'惊天一剑'！你是萧大哥的什么人？！”

方歌吟听得“惊天一剑”，也震惊不已，向那少年望去，只见他神清目秀，脸容也有几分相熟。那少年也嗫嚅回问道：“敢问三位前辈……”

铁星月没耐烦道：“我是屁三，他是大肚，女的就是陈见鬼！萧大哥在哪里，快带我们见他！”那少年稽首伏拜，道：“弟子不知三位师叔驾临，罪该万死！”

“弟子？”三人相顾愕然。只听那少年恭声道：“弟子方振眉，是恩师劣徒。幼时蒙恩师救于蜀地，领受了一年武艺，恩师便别弟子他去，弟子一直寻访迄今，未明恩师下落，今来此地……”

铁星月喝问：“萧大哥是你师父？”那少年点头道：“是。”却一直不敢再抬头。陈见鬼道：“你抬头说话。”那少年抬头应道：“是。”大肚和尚只觉那少年洒脱气态中自夹杂一股英气非凡，欣然道：“原来是大哥的弟子，无怪乎我们三人制不住你。”

又急急问道：“萧大哥呢？他来不来？”那少年垂泪道：“弟子也是不知，数日来一直在这里守候恩师，却逢着三位师叔……”陈见鬼叹道：“便无缘无故，打了起来，是不是？”那少年伏首愧惶道：“是弟子不好。”铁星月道：“罢了，罢了，这怪不得你……只是，看来大哥已来了又走啦。”

方歌吟在旁听得“来了又走啦”，心中怅然。但见那青石板上两道鞋印，面对池塘，似已镂刻上去过了千年万载一般。不知萧秋水来时，在滂沱大雨中，对那“岩谷灵光”是如何怆怀？耳际只传来适才那三声悲号隐隐。心里却想起昔日“难老泉畔”林公子所吟之诗：“……眼前万里江山……似曾小小兴亡……”桑书云低声向他道：“让他们聚聚，我们走吧。”方歌吟说“是。”忽想起一事，扬声问道：“这位小兄弟请了。”那少年忙稽首道：“晚辈不敢。”方歌吟一笑道：“适才小兄弟说萧大侠蜀中相救，不知是在何处？”

那少年坦然答：“是隆中。”方歌吟恍然，又问：“隆中哪里？”那少年不假思索，即应：“日月乡。”方歌吟微笑道：“小兄弟可记得当年日月乡遭人横手时，有两个少年人强出头……”那少年眼睛一亮：“记得，那是乡中方家村的沈哥哥和方乡长的儿子……”方歌吟笑道：“我便是那‘方乡长’的儿子了。那时我们三人之中，你年龄最幼，比我小四五岁，现在可长俊了。”

那少年听得大喜过望，又拜伏于地，道：“方哥哥昔日救命之恩，小弟尚未报以万一……”方歌吟摇手笑道：“到最后连我们还不是萧大侠救的！你谢我作甚，快起来！”那少年方振眉道：“是。”又问：“只是……那沈哥哥呢？”方歌吟顿了半晌，道：“他志在皓首穷经，现已治理文事去了。”

那方振眉哦了一声，桑书云笑道：“你们几位初逢，正好叙谈，我们还有事，要下山去也。”二人转身行去，那大肚和尚忽而叫住，二人回身，方歌吟问：“有何贵干？”大肚和尚期期艾艾半天，豁然一笑，道：“那一剑，洒家谢谢你了。”

方歌吟笑着摇头，二人自九老洞穿出去，向桑小娥、车莹莹、辛深巷说明了大略，桑小娥与方歌吟见不着萧秋水，顿觉黯然。这时天气变好，烟消云闲，桑书云有些惦念帮中事情，五人便下山来，时气候渐暖，再回仰高处，只见云雾围绕，不知几深几重？这时耳际听有人斥喝之声。

方歌吟等俯首望去，只见官道之上，有三人驾着一辆马车疾驶，另外四人，提刀相追，一面吆喝着：“留下买路钱才走！”“里面载的是什么货？！”另一人叱道：“好小子！过本寨的山头不拜山，给我留下！”呼地一招手，几支木棉针撒了出去，只惜腕力不足，只钉在车辕上，哪伤得着人？

那驾车的三人，径自不理，当中一人，提缰猛冲，怕给强梁赶上。那四头马匹也发足急奔。七人追追打打，便自远去。这时暮晚将近，视野模糊，桑小娥、车莹莹分扶辛深巷，没瞧分明，其中一人问：“什么事？”

方歌吟没听清楚，桑书云答道：“没事。几个人追一部车子过去。”

江湖恩恩怨怨是否亦过去……

稿于一九八〇年六月八日

旧社庆后两天秀峰瀑布行前三日。

校于一九八四年一月下旬

与银凤公司洽谈拍剧集《李布衣与霍映雪》

重修于一九九四年五月底至六月初

与方、何、梁三理事及小弟弟共游投宿重游新访天安门广场、人民英雄纪念碑、天伦王朝、东华门小吃、王府井大街、北海公园、景山、前门市场、故宫、西单、午门、宣武门、金水河峰、大观园、陶然亭公园、孔庙、国子监、长城饭店、国际饭店、前门饭店、民族饭店、中国酒店、国贸饭店、法源寺、蓬莱饭店、台湾饭店、王府饭店、和平宾馆、河北、华伦、华峰、松鹤、假日、粤海饭店、紫竹院公园、潮福源酒家、北京饭店、迎宾楼、劳动人民文化宫、北京书展、昆仑饭店等风景名胜地。

《神州奇侠之神州血河车》全套完

后记：全集

温瑞安

一直都比较偏爱《神州血河车》第三部《养生主》和第四部《人间世》，因为文字写得比较用心。在风格上，《神州血河车》四部不算十分统一，前面二部，比较简洁，节奏较快，但也写得比较草率，比较古龙；后二部写得较为用心，笔触较细，但个人神采略减，风格甚为金庸，当时我是故意为之。这样也好，正好让这两位大师的风神笔气为我们受的影响与陶冶留下抹不去的完成整整深深刻刻的纪念。

重新出版这套小说，自然有很多感慨。开始写这篇小说的时候，和第一次出版这套小说的时候，以及这一次推出这套小说的时候，还有现在再次修订这本小说的时候，是四个迥然不同的环境和心情。《养生主》里曾引用了一段我自己当年写下的新诗，其中有一句“三秋一过武林就把你迅速忘怀”，以及这四部小说隐隐透露“是非成败转头空，青山依旧在，几度夕阳红”“世事一场大梦，人生几度秋凉”的题旨，是在我身边的一切都非常完满时写下的，但却与日后遭遇一一应合。不仅如此，连我当年（一九七三——一九七九）写的诗，也道尽成败荣辱、生死离合，这实在有点奇怪，也许，在艺术的创作里，我的灵感源泉有着预示的契机吧？或许，也因为这样，我才能在灰烬中重新滋合，投烈火而磨锐剑，把高楼建于塌厦之上。

稿于一九八五年一月三十日

与几位失散多年的老兄弟终于取得联系后

修订于一九九四年五月底六月初

北京新发现我翻版书、冒名书：《天威》（安徽文艺）、《四大名捕逆水寒》（内蒙古人民出版社）、《幽情千千女》、《泪恨血情》（中原农民）、《朝天一棍》（盗自江苏文艺版）等部。另有“中国友谊”正版书《杀人者唐斩》及方著作《桃花》《这一生剑愁》《花边探案》等书。

（京权）图字：01－2025－1533

图书在版编目（CIP）数据

神州奇侠之神州血河车．人间世／温瑞安著．-- 北京：作家出版社，2025.5

ISBN 978－7－5212－2746－8

Ⅰ．①神…　Ⅱ．①温…　Ⅲ．①长篇小说－中国－当代　Ⅳ．①I247.5

中国国家版本馆 CIP 数据核字（2024）第 054551 号

神州奇侠之神州血河车：人间世

作　　者：温瑞安
责任编辑：秦　悦
特约编辑：焦无虑　张长弓　陆破空
装帧设计：合和工作室
出版发行：作家出版社有限公司
社　　址：北京农展馆南里 10 号　　　**邮　　编：**100125
电话传真：86－10－65067186（发行中心）
86－10－65004079（总编室）
E－mail: zuojia@zuojia. net. cn
http: // www. zuojiachubanshe.com
印　　刷：河北京平诚乾印刷有限公司
成品尺寸：142 × 210
字　　数：170 千
印　　张：7.5
版　　次：2025 年 5 月第 1 版
印　　次：2025 年 5 月第 1 次印刷
ISBN 978－7－5212－2746－8
定　　价：49.80 元
